गुलज़ार

गुलज़ार एक मशहूर शायर हैं जो फ़िल्में बनाते हैं। गुलज़ार एक अप्रतिम फ़िल्मकार हैं जो कविताएँ, कहानियाँ लिखते हैं।

बिमल राय के सहायक निर्देशक के रूप में शुरू हुए। फ़िल्मों की दुनिया में उनकी कविताई इस तरह चली कि हर कोई गुनगुना उठा। एक 'गुलज़ार-टाइप' बन गया। अनूठे संवाद, अविस्मरणीय पटकथाएँ, आसपास की ज़िन्दगी के लम्हे उठाती मुग्धकारी फ़िल्में। 'परिचय', 'आँधी', 'मौसम, 'किनारा', 'ख़ुशबू', 'नमकीन', 'अंगूर', 'इजाज़त'—हर एक अपने में अलग।

1934 में दीना (अब पाकिस्तान) में जन्मे गुलज़ार ने रिश्ते और राजनीति—दोनों की बराबर परख की। उन्होंने 'माचिस' और 'हू-तू-तू' बनाई, 'सत्या' के लिए लिखा—'गोली मार भेजे में, भेजा शोर करता है...'

कई किताबें लिखीं। 'चौरस रात' और 'रावी पार' में कहानियाँ हैं तो 'गीली मिट्टी' एक उपन्यास। 'कुछ नज़्में', 'साइलेंसेस', 'पुखराज', 'चाँद पुखराज का', 'ऑटम मून', 'त्रिवेणी', 'पाजी नज़्में' वगैरह में कविताएँ हैं। बातों-मुलाक़ातों की किताब 'बोसकीयाना' भी है। बच्चों के मामले में बेहद गम्भीर। बहुलोकप्रिय गीतों के अलावा ढेरों प्यारी-प्यारी किताबें लिखीं जिनमें कई खंडों वाली 'बोसकी का पंचतंत्र' भी है। 'मेरा कुछ सामान' फ़िल्मी गीतों का पहला संग्रह था, 'छैंया-छैंया' दूसरा। 'खराशें' नाट्य-पुस्तक है। 'मीरा', 'ख़ुशबू', 'आँधी' और अन्य कई फ़िल्मों की पटकथाएँ लिखीं। 'मंज़रनामा' सीरीज़ में सभी के मंज़र प्रकाशित हैं। 'सनसेट प्वॉइंट', 'विसाल', 'वादा', 'बूढ़े पहाड़ों पर' या 'मरासिम' जैसे अल्बम हैं तो 'फ़िज़ा' और 'फ़िलहाल' भी। यह विकास-यात्रा का नया चरण है।

बाक़ी कामों के साथ-साथ 'मिर्ज़ा ग़ालिब' जैसा प्रामाणिक टी.वी. सीरियल बनाया, कई अलंकरण पाए। सफ़र इसी तरह जारी है। चिट्ठी का पता वही है—बोस्कियाना, पाली हिल, बान्द्रा, मुम्बई।

गुलज़ार

किताब

मंज़रनामा

राधाकृष्ण पेपरबैक्स

पहला पुस्तकालय संस्करण
राधाकृष्ण प्रकाशन प्राइवेट लिमिटेड द्वारा
2016 में प्रकाशित

राधाकृष्ण पेपरबैक्स में
पहला संस्करण : 2016
दूसरा संस्करण : 2023

राधाकृष्ण पेपरबैक्स : उत्कृष्ट साहित्य के जनसुलभ संस्करण

राधाकृष्ण प्रकाशन प्राइवेट लिमिटेड
जी-17, जगतपुरी, दिल्ली-110 051
द्वारा प्रकाशित

शाखाएँ : अशोक राजपथ, साइंस कॉलेज के सामने, पटना-800 006
पहली मंजिल, दरबारी बिल्डिंग, महात्मा गांधी मार्ग, प्रयागराज-211 001
वेबसाइट : www.radhakrishnaprakashan.com
ई-मेल : info@radhakrishnaprakashan.com

बी.के. ऑफसेट
नवीन शाहदरा, दिल्ली-110 032
द्वारा मुद्रित

मूल्य : ₹199

KITAB
by Gulzar

ISBN : 978-81-8361-807-6

दीबाचा

जो नज़र आता है, उसे मंज़र कहते हैं और मनाज़िर में कही गई कहानी का नाम मंज़रनामा है। अंग्रेज़ी में इसके लिए दो अल्फ़ाज इस्तेमाल होते हैं : एक स्क्रीनप्ले है, दूसरा सिनेरिओ (Scenerio)। दोनों तक़रीबन एक-से हैं लेकिन स्क्रीनप्ले में 'डिज़ॉल्व' और 'कट' और दूसरी तकनीकी हिदायतें भी लिख दी जाती हैं, जो डायरेक्टर की मदद करती हैं। इसमें 'सेट' यानी 'महल तक़ू' और मंज़र का वक़्त भी दर्ज किया जाता है। (यानी मंज़रनामा सुबह, शाम, रात या दोपहर, किस वक़्त का है) ये तफ़सीलात डायरेक्टर के लिए तभी ज़रूरी होती हैं, जब वह स्क्रीनप्ले को फ़िल्माता है, वरना ये तकनीकी हिदायतें पढ़ने में रुकावट पैदा करती हैं। इसलिए आम क़ारी के पढ़ने के लिए सिनेरिओ ही ज़्यादा मौज़ूँ है, ताकि वह उसे एक नॉवल की सूरत बिना किसी रुकावट के पढ़ सके। इसी का नाम मंज़रनामा है।

अदब में मंज़रनामा एक मुकम्मल फ़ॉर्म भी है, जिसकी पहली मिसाल जो मेरी नज़र में गुज़री, वह डी. सैका का मंज़रनामा 'अमरीका अमरीका' था। इस डायरेक्टर ने वह मंज़रनामा पहले लिखा, शाया किया और बाद में इस पर फ़िल्म बनाई। अदब में बहुत-से मुसन्निफ़ हैं जो अपने नॉवल भी तक़रीबन मंज़रनामे की शक्ल में लिखते हैं। शरतचन्द्र के बेशतर नॉवल इस फ़ॉर्म के बहुत क़रीब हैं।

ये मंज़रनामे पेश करने का एक मक़सद क़ारी को इस फ़ॉर्म से मुतारिफ़ करना भी है और दूसरे यह कि टी.वी. और सिनेमा से दिलचस्पी रखनेवाले शायक़ीन यह देख सकें कि नॉवल को किस तरह मंज़रनामे की शक्ल दी जाती है। मेरे लिए यह एतराफ़ करना ज़रूरी है कि मैं मंज़रकशी पर किसी महारत का दावेदार नहीं–कोई दूसरा

डायरेक्टर या मुसन्निफ़, हो सकता है, मुझसे बेहतर मंज़रनामा तख़लीक कर ले!

मंज़रनामा का अन्दाज़े-बयान अमूमन ओरिजिनल कहानी से अलग हो जाता है इसलिए वह अस्ल कहानी या नॉवल या सवानह उमरी का Interpretation बन जाता है, जिसकी मिसाल चन्द मशहूर फिल्मों से दी जा सकती है, जैसे–'अनारकली' और 'मुग़लेआज़म' एक ही ड्रामे को माखूज़ किए गए हैं। 'देवदास' जितनी बार बनी, और कई ज़बानों में बनी, उसका मंज़रनामा बदलता रहा। टी.वी. की आमद से मंज़रनामों की ज़रूरत में बहुत इज़ाफ़ा हो गया है। छोटे-छोटे अफ़सानों के मंज़रनामे भी लिखे जाने लगे हैं। अहमद नदीम कासमी, राजिन्दर सिंह बेदी, भीष्म साहनी, मुंशी प्रेमचन्द और दूसरे बेशुमार अदीबों के अफ़सानों पर काम हो रहा है। बहुत-से सीरियल सीधे मंज़रनामों में लिखे जाते हैं। टी.वी. की फिल्मों के लिए चूँकि वक़्त की पाबन्दी (तवालत, Duration) का लिहाज़ रखना पड़ता है, इसलिए मंज़रनामों के लिए अक्सर अदब से लिये गए मशहूर अफ़सानों को कभी मुख़्तसर करना पड़ता है, कभी फैलाव देना पड़ता है।

मुझे उम्मीद है कि मेरी यह कोशिश दूसरों के लिए कारआमद साबित होगी और दूसरों के तजुर्बों से मुझे फ़ायदा होगा–कोई नई राह खुलेगी, कोई नई बात पैदा होगी।

किताब

'बाबला' की कहानी कहते-कहते मेरी अपनी कहानी हो गई। समरेश दा का नॉवल था : 'पोथक'। ये सारे किरदार उनके हैं। लेकिन बाबला के किरदार में मुझे अपना वजूद नज़र आ गया। अपना बचपन दिखाई देने लगा। इसलिए इसके मनाज़िर नॉवल के कलकत्ते से बदल गए और पुरानी दिल्ली के हो गए जहाँ मेरा बचपन गुज़रा था। ताँगा, बग्घी, हलवाई, मदारी, सब्ज़ी मंडी—सब दिल्ली के हैं। दोनों अन्धे भी—बैजू और खैमा! और हिन्दू-मुस्लिम किरदार वहीं की गंगा-जमना तहज़ीब का हिस्सा हैं।

—गुलज़ार

[1]

ढलती शाम का वक़्त। पहाड़ियों के बीच से सीटी बजाती हुई एक रेलगाड़ी चली जा रही थी। रेल के डिब्बे एक मख़्सूस ताल पर बज रहे थे। एक डिब्बे की दो सीटों के बीच में एक दस साल का लड़का गाड़ी की आवाज़ के साथ गुनगुना रहा था :

"छका छक, छका छक, भाग चला, भाग चला, किधर चला, किधर चला, माँ के पास, माँ के पास, भाग चला, भाग चला, छका छक, छका छक, चला चल।"

बाक़ी मुसाफ़िर अपनी-अपनी सीटों पर कम्बल, लिहाफ़ में दुबके सो रहे थे। सर्दी बढ़ती जा रही थी। बाबला किसी अच्छे घर का लड़का

मालूम हो रहा था। ऊपर की बर्थ पर उसी की उम्र का एक लड़का और लड़की लेटे थे। नीचे दोनों के माँ-बाप सो रहे थे। बच्चों ने उनको इत्मीनान से सोता देखकर कॉपी निकाली और उसमें काटम-काटी का खेल खेलने लगे। बाबला और सिकुड़ गया, फिर पास पड़ी सुराही से पानी निकालकर पीने लगा। ऊपर बैठी लड़की ने यह देखकर सरगोशी में अपने भाई से कहा :

''भैया...भैया, वो हमारा पानी पी रहा है।''

लड़के ने धीरे से जवाब दिया :

''पीने दे न।''
''गिलास भी हमारा है।''
''तो मैं क्या करूँ?''
''उसे रोको।''
''बाबा जाग जाएँगे। तू खेल न!''

फिर दोनों बच्चे कॉपी पर झुक गए। लड़का खेलकर लड़की की तरफ़ कॉपी बढ़ाता फिर लड़की खेलकर वापस उसे देती। इसी बीच वह कॉपी गिर पड़ी बाबला के ऊपर। लड़का लेटे-लेटे दबी आवाज़ में बोला :

''दे न कॉपी।''

बाबला उनकी तरफ़ देखकर मुस्कुरा दिया, और उसे अपना क्लास रूम याद आ गया, जहाँ वह यही खेल अपने दोस्त पप्पू के साथ खेला करता था।

[2]

फ़्लैश बैक

क्लास रूम में एक टीचर पढ़ा रहे थे और पीछे की तरफ़ बैठे बाबला और पप्पू कॉपी में काटम-काटी का खेल खेल रहे थे। पप्पू कॉपी में निशान लगाकर बाबला की तरफ़ बढ़ा देता और बाबला निशान लगाकर पप्पू की तरफ़। क्लास मॉनीटर कानू की नाक बजने लगी। टीचर अंग्रेज़ी का सबक़ पढ़ा रहे थे :

"दि कैट काउट दि रैट
दि रैट वाज़ काउट बाइ कैट।
टू मेक दि एक्टिव व्याइस इनटु द पैसिव व्याइस, प्लेस द सब्जेक्ट इन द प्लेस ऑफ़ आब्जेक्ट। बट दि पोज़िशन ऑफ़ वर्ब..."

पढ़ाते-पढ़ाते टीचर की नज़र मॉनीटर की तरफ़ गई। उसकी नाक की हरकतों को देखकर टीचर ने पूछा :

"कानू...कानू, क्या हो रहा है इस क्लास में? नाक क्यों चल रही है? क्या सूँघ रहा है?"
"जी, क्लास में कोई खेल रहा है। कॉपी पास हो रही है।"
"कौन है?...कौन शरारत कर रहा है क्लास में... सच-सच बोल दो, कोई सज़ा नहीं मिलेगी।"

क्लास के सभी बच्चे चौकन्ने हो गए। जो खेल रहे थे, उन्होंने कॉपियाँ बन्द कर दीं। टीचर फिर बोले :

"जल्दी करो..."

एक बच्चा डर के खड़ा हो गया। टीचर उसके पास जाकर खड़े हो गए।

"क्या कर रहे थे...?"
"जी...जी, मैं मॉनीटर का कार्टून बना रहा था।"
"क्यों...?"

टीचर ने कॉपी उठाकर देखा। उसमें टीचर का कार्टून बना था, जिसकी नाक बहुत लम्बी थी।

"ये कानू की शक्ल है?...खड़े हो जाओ बैंच पर।"
"जी...लेकिन आपने कहा था, सच कहने पर सज़ा नहीं मिलेगी?"
"सज़ा झूठ बोलने पर मिल रही है। ये कार्टून तुम कानू का नहीं, मेरा बना रहे थे। ये नीचे क्या लिखा है?"
"सर जी...वो...अगर मैं झूठ बोलता तो..."

टीचर ने डाँटकर पूछा :

"ये क्या लिखा है?"

टीचर पढ़ने लगा था कि बच्चे ने घबराकर कहा :

"शुतुरमुर्ग़...!"

क्लास रूम में एक क़हक़हा गूँज उठा और टीचर ने ज़ोर से चिल्लाकर कहा :

"शटअप! क्या मैं जानता नहीं, तुम लोग मुझे क्या कहकर बुलाते हो?"

[3]

बाबला रेल के डिब्बे में बैठे-बैठे हँस पड़ा और बड़बड़ाने लगा :

"शुतुरमुर्ग़, अंडे दे...शुतुरमुर्ग़, अंडे दे...शुतुरमुर्ग़, अंडे दे...शुतुरमुर्ग़, अंडे दे..."

साथ वाली सीट का मुसाफ़िर जाग पड़ा। वह बंगाली था। बाबला को बड़बड़ाते देखकर पूछा :

"ऐ...ऐ, क्या मॉन्तर पढ़ रहा था? कोई जादू-टोना कर रहा है?"

बाबला हँस पड़ा :

"कोई जादू-टोना नहीं था।"
"तो ये क्या पढ़ रहा था–शुतुरमुर्ग़, अंडे दे..."
"वो तो हमारे टीचर का नाम है।"
"शुतुरमुर्ग़?"
"हाँ!"
"अंडा देता है?"
"नहीं, शुतुरमुर्ग़ अंडा देता है, टीचर नहीं।"
"कहाँ जाना है?"
"अमरेली!"
"किसके पास?"
"माँ के पास!"
"हूँ...दिल्ली में कहाँ रहता है?"
"दीदी के पास।"
"टिकट है...?"
"हाँ, है।"
"ला, दिखा।"

"आप कोई टिकट चेकर हो?"

"मैं कहता हूँ, दिखा!"

बाबला ने इधर-उधर देखा और जेब से काग़ज़ का एक टुकड़ा निकालकर बंगाली बाबू के हाथ में दे दिया। टिकट देखकर बंगाली बाबू बोला :

"अरे, ये तो बस का टिकट है, ट्रेन का टिकट कहाँ है?"

"पैसे नहीं थे।"

"रास्ते में कोई टिकट चेकर आ गया तो?"

"आप कह देना कि मैं आपका बेटा हूँ।"

इस बीच एक और मुसाफ़िर उठ बैठा था। उसने कहा :

"बोल भी दीजिए न, इसमें हर्ज़ ही क्या है?"

"तुम बोल दो न, मेरे तो दो-दो हैं!"

"अरे वाह, ये ख़ूब कही! टिकट वाले आपके, और बग़ैर टिकट वाला मेरा?"

फिर दूसरे मुसाफ़िर ने बाबला से पूछा :

"क्यों बे, घर से भाग के आ रहा है क्या?"

"नहीं तो..."

बाबला की आँखों में माज़ी का एक और मंज़र तैर गया।

[4]

उसकी बड़ी बहन सुमन ने डाँटकर पूछा था :

"फिर झूठ बोला...?"

"मैं सच कह रहा हूँ दीदी, मैंने कुछ भी नहीं लिखा। मैंने तो हाथ भी नहीं लगाया ब्लैकबोर्ड पे।"

दीदी के हाथ में एक चिट्ठी थी, जो बाबला के प्रिंसिपल ने भेजी थी।

"फिर ये चिट्ठी क्यों आई स्कूल से?"
"मुझे क्या पता! चाहे पप्पू से पूछ लो। मैं जब क्लास में गया, तो ब्लैकबोर्ड पर पहले ही से लिखा हुआ था।"
"क्या लिखा था?"

बाबला चुप रहा। दीदी ने गुस्से में पूछा :

"क्या लिखा था?"

बाबला फिर चुप।

"बोल...?"

हकलाते हुए बोला :

"वो...हमारे हिन्दी के टीचर हैं न, वो शंकरलालजी, नई-नई शादी कर आए हैं, इसलिए..."
"इसलिए क्या..."
"इसलिए...इसलिए ब्लैकबोर्ड पर किसी ने लिख दिया।"

सुमन ने ज़ोर से चिल्लाकर पूछा :

"क्या लिखा...?"

[5]

स्कूल के ब्लैकबोर्ड पर लिखा था :

'कहिए पंडित जी, सुहागरात कैसी कटी? मज़ा आया?'

टीचर शंकरलालजी ने पढ़कर मुँह पिचकाते हुए बच्चों की तरफ़ देखा और पूछा :

''ये किस बदतमीज़ की हरकत है?''

उन्होंने टेबल पर रखी छड़ी उठा ली।

''जवाब दो!''

सारे बच्चे ख़ामोश बैठे रहे।

''जवाब दो, किस बदतमीज़ ने लिखा है?''

फिर एक ख़ामोशी।

''नहीं बोलोगे...? मैं अच्छी तरह बुलवाना जानता हूँ। ठीक है...''

यह कहकर टीचर क्लास रूम के बाहर निकल गए। बाबला ने मॉनीटर की तरफ़ देखकर कहा :

''क्यों बे कानू, अब बोल न, डरता है भीमा से?''

पप्पू भी बोला :

''भीमा से जान निकलती है इसकी। हमारा नाम बहुत जल्दी ले लेता है। कोई उसका नाम लेकर दिखाए!''

कोने की सीट पर बैठा भीमा खड़ा हो गया। वह सब बच्चों में बड़ा तगड़ा और मोटा था। बोला :

“क्या कहा?...कोई बोल के देखे तो सही। चीर के रख दूँगा।”

और सब लड़कों को घूरता हुआ वापस अपनी सीट पर बैठ गया।
इतने में टीचरजी प्रिंसिपल साहब के साथ क्लास रूम में आए। सब बच्चे खड़े हो गए। प्रिंसिपल ने कहा :

“सिट डाउन!”

शंकरलालजी ने ब्लैकबोर्ड की तरफ़ इशारा किया :

“वो देखिए सर!”

प्रिंसिपल ने पूछा :

“किसने लिखा है?”

सारे बच्चे ख़ामोश प्रिंसिपल का मुँह देखते रहे। प्रिंसिपल ने पूछा :

“हू इज़ दी मॉनीटर?”

क्लास मॉनीटर कानू धीरे से खड़ा हो गया।

“यस सर!”
“किसने लिखा है ये?”
“पता नहीं सर, पहले से लिखा हुआ था। मैं मिटाने लगा तो सब मिलकर मना करने लगे।”
“क्या कहा?”
“कह रहे थे, रिसेस में मारेंगे।”
“किसने कहा था ये? ”
“बहुत से थे सर?”
“कौन-कौन थे?”

"सब तो पता नहीं, पर बाबला और पप्पू थे।"

प्रिंसिपल ने कहा :

"बाबला और पप्पू, खड़े हो जाओ।"

बाबला और पप्पू अपनी-अपनी जगह पर खड़े हो गए। पहले पप्पू बोला :

"ये झूठ कहता है सर! हमने नहीं लिखा।"
"तुमने मिटाने से मना किया था?"
"सभी ने मना किया था सर!"

प्रिंसिपल ने बाबला की तरफ़ देखकर पूछा :

"तुमने भी?"
"यस सर!"
"गुड...अच्छा है, सच तो बोला! इधर आओ।"

बाबला प्रिंसिपल के पास डरता हुआ पहुँचा।

"जाकर पहली लाइन मिटाओ!"
"लेकिन मैंने कुछ नहीं किया।"

प्रिंसिपल डाँटकर बोले :

"जाकर पहली लाइन मिटाओ...जाओ!"

बाबला ने ब्लैकबोर्ड की पहली लाइन मिटा दी।

"पप्पू, तुम जाकर दूसरी लाइन मिटाओ!"
"लेकिन सर, मैंने..."
"तुम जाकर दूसरी लाइन मिटाओ!"

पप्पू भी ब्लैकबोर्ड के क़रीब पहुँचा और दूसरी लाइन मिटा दी।

''गुड! नाउ गो टू योर सीट।''

पप्पू और बाबला सीट पर पहुँचे। जाते-जाते बाबला ने कानू को घूरकर देखा। प्रिंसिपल क्लास से बाहर जाने लगे। साथ में टीचर भी। बच्चे फिर खड़े हो गए।

''फिर कभी ऐसी हरकत हुई तो याद रखना, पूरी क्लास को सज़ा मिलेगी। सिट डाउन।''

क्लास रूम के बाहर निकल आने के बाद प्रिंसिपल ने टीचर से कहा :

''पंडित जी!''
''जी?...''
''मैं समझता हूँ, ज़्यादा ज़बर्दस्ती अच्छी नहीं। आजकल के रूल्स अलग हैं। अच्छा यही होगा कि इनके माँ-बाप को ख़बर कर दें।''
''आप समझते हैं, इनके माँ-बाप इन्हें कुछ कहेंगे?''
''न कहें!''
''ये माँ-बाप की सुनेंगे?''
''ओहो—न सुनें, पर आप कर भी क्या सकते हैं? गधों को मार-मारकर घोड़ा तो बना नहीं सकते।''
''तो क्या बनाएँगे?''
''एक काम कीजिए, उनके घर चिट्ठी लिख दीजिए। बाक़ी चीज़ें वो जानें।''
''ठीक है।''

प्रिंसिपल ने मुस्कुराते हुए पूछा :

''और बोलिए—सुहागरात कैसी कटी?''

पंडित जी हैरत से बोले :

''क्या...? आप भी...?''

इतना सुनते ही प्रिंसिपल का क़हक़हा छूट गया।

[6]

बाबला के जीजाजी वही चिट्ठी पढ़कर हँसने लगे और टाई ढीली करते हुए कमरे की तरफ़ बढ़े। उनकी पत्नी सुमन, जो नेल पॉलिश लगा रही थी, उठकर पास में आ गई।

''लड़का काफ़ी होशियार हो गया है।''
''तुम तो हँसकर टालो, तुम्हारे लिए तो हो गया।''
''अरे भई, ग़लत तो नहीं पूछा उसने!'
''उसने नहीं पूछा।''
''जिसने भी पूछा हो। सुहागरात तो सबकी होती है न। लेकिन उसके साथ-साथ ये भी पूछना चाहिए कि मज़ा आया?''
''डोंट बी स्टुपीड।''

यह कहकर सुमन दूसरी तरफ़ चल दी। जीजाजी ने पूछा :

''वो साले साहब हैं कहाँ?''
''अपने कमरे में।''

[7]

बाबला अपने कमरे में बैठा कुछ पढ़ रहा था। उसके जीजाजी कमरे में आ गए और पूछा :

"क्या हो रहा है साले साहब?"

बाबला खड़ा हो गया।

"बैठो, बैठो। पढ़ाई या लिखाई? तुम्हारे स्कूल से फिर एक चिट्ठी आई है। टीचर ने बहुत तारीफ़ की है तुम्हारी हैंड राइटिंग की। सुना है, ब्लैकबोर्ड पर बहुत अच्छा लिखते हैं आप!"

बाबला चुपचाप डरा-सहमा खड़ा था।

"ये दूसरी बार है। है न?"

पास रखी बाबला की कॉपी उठाकर उसके पन्ने पलटने लगे, और उसमें लिखा हुआ पढ़ा :

" 'जन्म से बंजारा हूँ, बन्धु, जन्म-जन्म बंजारा
कहीं कोई घर न घाट न अंगनारा।'
ये कविता...गाना है न ये किसी फ़िल्म का?"

बाबला के जीजाजी क़रीब आए और बोले :

"कहीं ये कॉपी दीदी के हाथ लग गई तो मालूम है, क्या हाल करेगी तुम्हारा? सूरत से दोनों भाई-बहन ऐसे भोले हैं कि पूछो मत..."

उसी वक़्त सुमन भी कमरे में आ गई।

"क्या कर रहे हैं हज़रत, ज़रा मैं भी तो देखूँ!"

[8]

बाबला ट्रेन के झटके से अपने ख़यालों के बाहर आ गया और देखा तो ट्रेन एक रेलवे

स्टेशन पर रुक गई थी। स्टेशन पर टी.सी. और एक हवलदार साथ-साथ चल रहे थे। उन्हें देखकर बाबला और अन्दर दुबक गया। वे दोनों जब आगे बढ़ गए तो कुछ देर बाद बाबला बाहर निकलकर अपनी जगह पर बैठ गया। ऊपर की बर्थ से कुछ गिरा। बाबला उठाने लगा। आवाज़ से बंगाली बाबू फिर उठ गए और बोले :

''क्या खटपट कर रहा है?...आराम से सो जा।''

बाबला ने ऊपर से गिरी चॉकलेट बंगाली बाबू को दिखाई।

''ये चॉकलेट!''
''चॉकलेट? मुझे क्या दिखा रहा है, खा जा।''
''नहीं, ऊपर से गिरी है।''
''ऐं, ऊपर से गिरी है, तो मुन्नी की होगी। ला, दे। सो जा!''

बंगाली बाबू चॉकलेट लेकर जेब में डालकर दोबारा सो गए। बाबला देखता रह गया। इतने में एक साहब अपने बीवी-बच्चों के साथ ट्रेन में चढ़ने आए, लेकिन दरवाज़ा बन्द था। उन्होंने बाबला से कहा :

''ऐ लड़के, दरवाज़ा खोलो।''

बाबला दरवाज़ा खोलने उठा तो बंगाली बाबू बोल पड़े :

''ऐ, कहाँ जा रहा है? सो जा। यहाँ जगह नहीं है।''
''अच्छा !''

बाबला वहीं बैठा रहा और आँखें बन्द कर लीं। बाहर से उस मुसाफ़िर ने एक दूसरी खिड़की पर बैठे आदमी से कहा, जो सो रहा था :

"भाई साहब, ज़रा दरवाज़ा खोलो।"

वहाँ बैठे आदमी ने दरवाज़ा खोल दिया। वह मुसाफ़िर बीवी-बच्चों समेत चढ़ गया। बंगाली बाबू को पूरी सीट पर सोए हुए देखकर बोला :

"ओ साहब, क्या पैर पसारे सोए हैं! पैर हटाइए न!"

"कहाँ हटाऊँ? सीट पे ही तो रखा है।"

"पैर नीचे रखिए।"

"नीचे क्यों रखूँ? मैंने टिकट नहीं लिया क्या?"

"तो मैंने टिकट नहीं लिया क्या?"

सामने वाले मुसाफ़िर ने बच्चे को दिखाकर बंगाली बाबू की तोंद का मज़ाक किया :

"भाई साहब, लोटे को उठा के रख दो मटके पर! अपने-आप उठ जाएगा।"

बाबला ज़ोर से हँस पड़ा। बंगाली बाबू ने डाँट दिया :

"चुप बे...बग़ैर टिकट हँसता है!"

कहते-कहते बंगाली बाबू उठ बैठे, और नया चढ़ा हुआ मुसाफ़िर झट से बीवी-बच्चों समेत ख़ाली जगह पर बैठ गया। बाबला की हँसी रुक नहीं पा रही थी। बंगाली बाबू ने धमकी दी :

''दाँत दिखाए तो टी.टी. को पकड़ा दूँगा।''

बंगाली बाबू की बत्तीसी नहीं थी। यह देखकर वही दूसरी सीट का मुसाफ़िर फिर बोला :

''आपके दाँत भी वही उतारकर ले गया क्या?''
''आपसे किसने पूछा? आपका टिकट कहाँ है?''

मुसाफ़िर ने अपने दाँतों की नुमाइश की :

''ये रहे...ई...ई...''

इस दरमियान बंगाली बाबू की पत्नी जाग गई। बंगाली बाबू ने पत्नी से कहा :

''किजे अशुभ लोक गुलो चोले आशे।''

नया मुसाफ़िर भी बंगाली था, झट से कहा :

''की बोलेन?...आपनी आमार बांग्ला देश के अशुभ बोलेन?''
''आपनी बंगाली? की शौभाग्य। जाक बाबा बाचा का गेलो, एखन कार हिन्दी भाषा बोलते-बोलते, दाँत बेथा कोरछीलो। अता दोलो, होसाई मोशाय। आपनरा थकीन को थाए।''

दोनों बंगाली बाबू आपस में जान-पहचान करने लगे। इतने में नए मुसाफ़िर का बच्चा रोने लगा। उसने पत्नी से कहा :

''बच्चे को चुप कराओ।''

पत्नी जल्दी से बच्चे को चुप कराने लगी और लोरी गुनगुनाने लगी। यह देखकर बाबला को अपनी माँ की याद आ गई।

[9]

बाबला की माँ आँगन में काम भी कर रही थी और भजन भी गा रही थी। बाबला चारपाई पर लेटा सुन रहा था :

'हरि, दिन तो बीता, शाम हुई, रात पार करा दे
बीता मेरा काल तो बीता, कूल पार करा दे!
मैंने साथ लिया न कोई
दोशाला न लोई
अपने छूटे, सपने छूटे
आशा और छुड़ा दे।

हरि, दिन तो बीता, शाम हुई, रात पार करा दे
दाता, तेरे दुवार खड़ी हूँ
माँगूँ न मोती न दाने
बंधु छूटे, बंधन छूटे
दुवार पार करा दे
हरि, दिन तो बीता, शाम हुई, रात पार करा दे
बीता मेरा काल तो बीता, कूल पार करा दे!'

भजन ख़त्म हुआ। बाबला, जो सुन रहा था, बोल पड़ा :

"माँ...माँ, तुम फ़िल्मों में गाना क्यों नहीं गातीं?"
"तू जाग रहा है अभी?"
"इतना अच्छा गाना सुनकर कोई सोता है?"
"फिर क्या फ़ायदा तुझे लोरी सुना के! तू शहर चला जा, वहीं अपनी दीदी के पास। अच्छे स्कूल में जाएगा, अच्छे से पढ़े-लिखेगा। यहाँ मेरे पास ऐवीं ज़िन्दगी गँवा रहा है बेटे!"
"मेरे बग़ैर तुम्हारा जी लगेगा माँ?...तुम्हें तकलीफ़

नहीं होगी? ख़ुद ही कहती हो, 'तेरे बग़ैर एक दिन भी नहीं रह सकती'।''

''मुझे कोई दुख नहीं होगा।''

''तुम झूठ कह रही हो न?''

''नहीं, नहीं...सच कह रही हूँ। तू पढ़-लिख के बड़ा आदमी होगा तो मुझे दुख क्यों होगा?''

''पढ़-लिख के कोई बड़ा आदमी होता है?''

''तो और कैसे होता है?''

''वो तो थोड़े साल बाद आदमी बड़ा हो जाता है?''

''चल...''

''माँ, तुम्हारा कोई भरोसा नहीं।''

''क्यूँ?''

''पहले कहती थीं, बच्चे दूध पीने से बड़े होते हैं। अब कहती हो, बच्चे पढ़-लिखने से बड़े होते हैं। फिर और कुछ कह दिया तो...''

''चल हट, ख़ुद तो सोता-वोता नहीं, उल्टा मुझे भी जगा रखा है। चल, जा, अपने बिस्तर पर चला जा।''

बाबला अपने बिस्तर पर जाने लगा तो माँ बड़े प्यार से निहारने लगी।

[10]

बाबला सीट के नीचे सो रहा था। बच्चा अभी तक अपनी माँ की गोद में रो रहा था। इतने में एक टी.सी. टिकट चैक करते हुए आ गया। बंगाली बाबू को जगाकर बोला :

"भाई साहब, टिकट दिखाइए।"
"इतनी रात गए टिकट?"

लाचार उठकर टिकट निकालकर दिखाया। टी.सी. टिकट देखकर मुसाफ़िरों को देखने लगा और बाबला को देखकर पूछा :

"ये बच्चा आपका है?"

बंगाली बाबू ने ऊपर की सीट की तरफ़ इशारा करते हुए कहा :

"नहीं...मेरे तो दोनों ऊपर हैं।"

तब तक दूसरे मुसाफ़िर भी जाग गए। टी.सी. ने उनसे पूछा :

"ये आपका है?"

पूछते हुए बाबला को झंझोड़कर उठाने लगा :

"ऐ लड़के, बाहर निकलो...चलो, बाहर निकलो!"

बाबला ने आँख खोली। टी.सी. को देखकर सीट के नीचे से निकला। नींद का ख़ुमार ख़ूब चढ़ा था, वह बैठे-बैठे ऊँघ गया। टी.सी. ने हिलाकर पूछा :

"टिकट कहाँ है?"

बाबला ने मुँदी आँखों के साथ 'नहीं' में सिर हिलाया।

"टिकट है तेरे पास?"
"नहीं है।"

"पैसे हैं?"
"नहीं हैं।"
"कहाँ जाना है?"
"माँ के पास।"
"माँ कहाँ रहती है?"
"अमरेली में।"
"ऐसे ही जाएगा—बिना टिकट के?"
"हाँ!"

सभी की हँसी निकल गई।

"वाह बेटा, माँ ने गाड़ी भेजी थी लाने के लिए? चल उठ, चल, खड़ा हो जा!"

बाबला नींद में झूमता हुआ उठा और टी.सी. के पीछे एक डिब्बे से दूसरे डिब्बे में होते हुए स्टेशन के प्लेटफ़ॉर्म पर उतर गया। टी.सी. ने एक पुलिस वाले को आवाज़ दी :

"ऐ राम सिंह!"
"हाँ, बावजी!"
"थाम ले, इनों।"
"एक और मिल गया बावजी?"
"अद्धा ही मिला है।"
"अद्धा!"
"राम सिंह, सेवन डाउन में बड़े-बड़े बकरे मिलते हैं।"

हवलदार ने एक और शख़्स को बग़ैर टिकट के पकड़ रखा था। हवलदार और टी.सी. को बातों में लगा देखकर बाबला चलती ट्रेन में वापस चढ़ गया।

''अरे बावजी, इसके बग़ैर तो हम ही डाउन रहे हैं।''

हवलदार पीछे पलटा तो बाबला ग़ायब।

''अरे, ये अद्धा कहाँ गया?''

दूसरे बग़ैर टिकट वाले ने बताया :

''वो भाग गया।''

यह कहके .ख़ुद भी निकलना चाहा, लेकिन हवलदार ने जकड़ लिया।

''अबे तू...तू कहाँ भाग रिया है? चल, इधर आ। तू क्यों भाग रिया है?''
''जाने दे न। सारी गाड़ी ने तो टिकट लिया है, एक मैंने नहीं लिया है तो कौन-सा तेरा ज़्यादा कोयला जल जाएगा।''
''अगली बार घर से कोयला साथ लेकर चलियो।''

हवलदार खींचकर उसे एक तरफ़ ले गया।

[11]

पौ फटने का वक़्त हो रहा था। ट्रेन अपनी पूरी रफ़्तार से फ़ासला तय करती जा रही थी। इंजन ड्राइवर बाहर की तरफ़ ग़ौर से देख रहा था, तभी उसके असिस्टेंट ने कहा :

''उस्ताद, लगता है, धन्नो का गाँव आया।''

ड्राइवर ने जवाब नहीं दिया, सिर्फ़ मुस्कुराती

आँखों से देखकर फिर बाहर की तरफ़ देखने लगा। दूर पहाड़ी पर एक लड़की हाथ में लालटेन लिये ट्रेन की जानिब देख रही थी। ट्रेन के कुछ क़रीब आने पर उसने लालटेन ऊँची कर दी, और ड्राइवर ख़ुश होकर गुनगुनाने लगा :

'ओ...धन्नो की आँखों में
रात का सुरमा और चाँद का चुम्मा
ओ...तेरे बिन ज़िन्दगी ये रात लगे
छाला पड़े हाथ पे, जो चाँद पर हाथ लगे।
ओ...धन्नो का ग़ुस्सा हुए पीर का जुम्मा
और चाँद का चुम्मा...'

बाबला कोयले के ढेर के ऊपर बैठा ड्राइवर को गाते हुए सुन रहा था :

'ओ...धन्नो की आँखों में
रात का सुरमा और चाँद का चुम्मा
ओ धन्नो, तुझे ख़्वाब में देखा है
लैला की, हीर की किताब में देखा है

ओ...धन्नो की आँखों में
रात का सुरमा और चाँद का चुम्मा।'

गाना ख़त्म हुआ। बाबला को हाजत लगी। वह वहीं पलटकर खड़ा हो गया और कोयले के ढेर पर पेशाब कर दिया। ऐसा करते हुए बाबला को अपने दोस्त पप्पू की याद आ गई।

[12]

फ़्लैश बैक

बाबला का दोस्त पप्पू एक खँडहर की दीवार पर खड़ा पेशाब कर रहा था। दोनों दोस्त स्कूल की ड्रेस में थे। बाबला के पास आकर कुछ ईंटों के नीचे से माचिस की डिबिया निकालकर बाबला को दी। बाबला के मुँह में सिगरेट लगी थी। पप्पू ने भी सिगरेट निकालकर मुँह में लगाई और दोनों ने सिगरेट जलाई। पप्पू कश लेते हुए बोला :

''सिगरेट के बग़ैर सोचने का मज़ा नहीं आता।''

''कुछ सोचा?''

''अभी नहीं!''

''ख़्वामहख़्वाह गुटली मार दी! अगर चले जाते तो क्या जाता?''

''होमवर्क जो नहीं किया था।''

''लेकिन मैंने तो किया था। मुझसे कॉपी कर लेता।''

''पहला ही पीरियड था न! रिसेस के बाद होता तो कर लेता।''

''लेकिन अब कल क्या करेगा?''

''कह दूँगा, रास्ते में आते-आते उल्टी आ गई थी। इसलिए वापस चला गया।''

''और अगर चिट्ठी माँगी तो?''

''मम्मी की हैंड राइटिंग की कॉपी कर लेता हूँ, लिखकर ले आऊँगा।''

''मेरी दीदी की हैंड राइटिंग तो इतनी ख़राब है कि कॉपी ही नहीं कर सकता।''

''शुतुरमुर्ग़ का होमवर्क न करो तो भी पड़ती है, करो तो भी पड़ती है। न करो तो तीन डंडे, करो तो एक ग़लती पर एक। तीन से ज़्यादा ग़लती निकली तो?.. मैं तो चांस ही नहीं लेता।''

सिगरेट का कश जैसे ही बाबला ने लिया तो खाँसने लगा। पप्पू बोल पड़ा :

''एक पैकिट भैया का मारकर लाते हैं। वो फ़िल्टर पीते हैं, उससे खाँसी-वाँसी नहीं आती।''

''एक बात बता, तेरे पिताजी तेरे भैया को मना नहीं करते?''

''करते हैं। एक बार तो मारा भी था।''

''तेरे भैया तुझे मना करते हैं?''

''हाँ...''

''तो फिर सही कौन है? ग़लत कौन है? किसे पीना चाहिए, किसे नहीं?''

''सब पैसों का चक्कर है दोस्त! जो कमाता है, वो सब करता है। चलो।''

दोनों दोस्तों ने सिगरेट फेंकी और अपने-अपने बैग उठाकर घर की तरफ़ चल दिए। बाबला बोला :

''इसीलिए तो मेरी दीदी भी नौकरी नहीं छोड़ती, नहीं तो मेरे जीजाजी की दो सुननी पड़ेगी।''

''मेरे पापा तो कमाते हैं, फिर भी हर रोज़ माँ की धौंस सुनते हैं।''

''क्यूँ...?''

''पता नहीं यार, ये दुनिया बड़ी टेढ़ी है, मेरी समझ में नहीं आती।''

रास्ते में पड़े दो डंडों को उठाकर दोनों खेलते हुए निकल गए।

[13]

बाबला और पप्पू बाज़ार से गुज़र रहे थे कि अचानक पास से गुज़रती बग्घी में बँधा घोड़ा गिर पड़ा। बाबला बोल पड़ा :

"कहीं ताँगा भी उलट जाता तो?"

"ताँगा नहीं है—बग्घी है बग्घी, वो अपने मीर साहब हैं, उनकी है।"

"कहीं मीर साहब भी होते बग्घी में तो ?"

"खा जाते क़लाबाज़ी।"

कोचवान गिरे हुए घोड़े की लगाम और बग्घी के साथ बँधी पट्टियाँ ढीली करने लगा। कुछ और लोग भी मदद को पहुँचे। बाबला को तरस आया :

"अरे, गिर गया, बेचारा मर गया होगा!"

"ऐसे नहीं मरते।"

"गिर जाएँ तो मर जाते हैं।"

"नहीं मरते।"

"अरे मर जाते...।"

"नहीं, खड़े हो जाते हैं। देखो, अभी खड़ा हो जाएगा।"

"अरे मैंने सुना है, गिर जाते हैं तो मर जाते हैं।"

एक और आदमी बग्घी देखते हुए उनके सामने आकर खड़ा हो गया। बाबला बड़बड़ाया :

"कबाब में हड्डी आ गया।"

फिर उस शख़्स से कहा :

“भाई साहब, ज़रा हट जाइए। देखने दीजिए।”

उसी वक़्त घोड़ा हिनहिनाते हुए खड़ा हो गया। पप्पू बोला :

“देखा, खड़ा हो गया। मैंने कहा था न, गिरते हैं तो मरते नहीं हैं। खड़ा हो गया न! चलो।”
“लेकिन मैंने...”
“चल, चल!”

[14]

दोनों फिर से अपना खेल खेलते हुए आगे बढ़ गए। कुछ दूर बढ़ने पर एक और बग्घी नज़र आई। बाबला ने कहा :

“पप्पू, देख बग्घी–चढ़!”

दोनों दौड़कर बग्घी के पीछे पायदान पर चढ़ गए। बाबला ने कहा :

“आज मज़ा आ गया।”

पप्पू ने पूछा :

“तेरी माँ कैसी है?”
“बचपन में तो बहुत प्यार करती थी। अभी भी करती है, लेकिन उतना नहीं। पहले पागल की तरह करती थी।”

फिर कुछ और ख़याल आ गया।

“तूने माँ का दूध पिया है?”
“हाँ, पिया तो है।”

“उसमें चीनी मिली होती है?”
“वो तो मुझे याद नहीं।”
“मेरी मम्मी भैया को पिलाती है। एक दिन मैंने माँगा तो मार के भगा दिया। एक दिन कुसुम ने भी मुझे पिलाया था। लेकिन उसका निकला ही नहीं।”
“कुसुम कौन?”
“हमारे घर काम करती है न, वो।”

दोनों लड़के बग्घी के पीछे लटके चले जा रहे थे। रास्ते में देखा कि एक मदारी डुगडुगी बजाता हुआ खेल दिखा रहा था। दोनों बग्घी से कूदे, उस भीड़ के पास पहुँचे। मदारी के सामने एक लड़का जमूरा बना बैठा हुआ था। मदारी उससे सवाल-जवाब कर रहा था :

“ऐ बाबू–साँप छोड़ दूँ?”
“छोड़ दे।”
“तुम्हारा नाम क्या है?”
“बंगाली बाबू है।”
“ये बड़ा होशियार है।”
“हम भी बड़ा होशियार है।”
“ये बड़ा चालाक है।”
“हम भी चालाक है।”
“ये बड़ा तैयार है।”
“हम भी बड़ा तैयार है।”
“ये बड़ा बदमाश है।”
“तू बड़ा बदमाश है।”

भीड़ के सभी लोग हँस पड़े। बच्चे की हाज़िरजवाबी सबके मन को लुभा रही थी।

“हमने साँप को बोला।”

"हमने तुमको बोला।"
"हम जादू वाला है।"
"अरे झाड़ू वाला है।"
"हम झाड़ू वाला है?"
"हम जादू वाला।"
"बोलो, हम खेल वाला।"
"केले वाला।"
"हम केले वाला है। जो पूछेगा, सब बोलेगा?"
"हाँ, बोलेगा।"
"ऊपर क्या है?"
"भगवान है।"
"ईमान की बात!"
"तुम्हारा बाप है।"

फिर भीड़ में क़हक़हे का शोर हुआ।

"अच्छा, साले!"
"अच्छा, बेटे!"
"हम तेरा बेटा?"
"हम तेरा साला है?"
"ये देखिए, हमारे भाई हैं। ये एक खेल दिखाएँगे।"

वह आदमी जो अब तक बैठा हुआ था, खड़ा हो गया। मदारी ने भीड़ की तरफ़ देखकर पूछा :

"किसी बाबू के पास एक रुपया होगा, तो उन्हें दे दीजिए। किसी के पास एक का नोट होगा, तो मुझे दे दीजिए, बाद में वापस कर दिया जाएगा।"

मदारी भीड़ की तरफ़ आगे आया तो एक आदमी ने उसे एक का नोट दे दिया।

"देखिए बाबूजी...मैं इस नोट को खा जाता हूँ– और फिर इसको जलाकर धुआँ निकालता हूँ।"

मदारी ने मुँह में नोट रखा, और उसके मुँह से तेज़ी से धुआँ निकलने लगा, और वह काग़ज़ का नोट देखते ही देखते आग का शोला बन गया। सभी के मुँह हैरत से खुल गए। बाबला और पप्पू भी ध्यान से देख रहे थे। मदारी ने आग को बुझा दिया और हाथ डालकर मुँह से साबुत नोट निकाल दिया। वैसा का वैसा ही। फिर उसे वापस कर दिया।

"देखो बाबू, भैया लोग। बच्चो, बैठ जाओ। बाबू, अपनी जेब से होशियार रहना। देखो बाबू, ये टोकरी ख़ाली है, बिलकुल ख़ाली है। इसमें कुछ नहीं। ये मैंने ज़मीन पर रख दी।"

और चार्ली से कहा :

"इसमें कबूतर बनकर आ जा...और ये देखो..."

टोकरी हटाई, उसमें एक सफ़ेद रंग का कबूतर नज़र आया।

"अब देखिए बाबूजी, एक कबूतर को बंद किया, ये नर था। मादा के बग़ैर कैसे रह सकता है? चार्ली, मादा को लेकर आ..."

मदारी ने जादुई छड़ी उस पर फिराई। जब टोकरी खोली तो, उसमें एक कबूतर और आ गया। अब जोड़ा हो गए। मदारी ने एक पानी से भरा लोटा उठाया और सबको दिखाया।

''देखिए जनाब, ध्यान से देखिए। ये लोटा पानी से भरा है। हिन्दी बोलेगा पानी, इंगलिश बोलेगा वाटर, बंगाली बोलेगा जल! इसका पानी हम फेंक देगा...ये लीजिए, गिरा दिया मैंने। इसमें पानी का एक क़तरा नहीं है।''

लोटे को उलटा करके मदारी ने दिखाया। एक लकड़ी डालकर हिलाया। मगर पानी उसमें था ही नहीं।

''भाइयो, ये लोटा जो अभी था, चार्ली उसे पानी से भर देगा...अंतर-मंतर...चार्ली, मेरी इज़्ज़त का सवाल है, ये लोटा फिर से भर दे!''

जादू की छड़ी घुमाई और लोटा पानी से फिर भर गया। फिर उसने उसका पानी गिरा दिया और कहने लगा :

''भाइयो, आप जितनी बार कहेंगे, चार्ली उस लोटे को पानी से भरता रहेगा।''

[15]

बाबला अपने घर में बैठा अपनी पढ़ाई की मेज़ पर आज का देखा जादू अपनी डायरी में लिख रहा था :

'जुम्मन क्या कमाल का मदारी है! दो-चार जादू हमें भी सिखा दे तो मज़ा आ जाए। उसके साथ जमूरा हो जाना चाहिए।'

उसी वक़्त नौकरानी कुसुम गिलास में दूध ले

आई, लेकिन बाबला अपनी डायरी लिखता रहा। नौकरानी ने कहा :

"ले बेटा, दूध पी लो। तुमने अभी तक कपड़े नहीं बदले?"

"बदलता हूँ न!"

"चल, निकाल न। मैं धो देती हूँ।"

"निकालता हूँ न!"

"छटाँक भर का लड़का है, शरमाता है बड़ों जैसे।"

"देखती नहीं, मैं होमवर्क कर रहा हूँ?"

"तुझे पढ़ता देखकर मुझे बहुत अच्छा लगता है। एक दिन तू बहुत बड़ा आदमी बनेगा।"

कुसुम प्यार करके कमरे से निकल गई। बाबला बड़बड़ाने लगा :

'सब पढ़ाने के चक्कर में मस्का मारते हैं। माँ भी यही करती थी। रवींद्रनाथ टैगोर कभी स्कूल गए भी नहीं, फिर कैसे इतने बड़े आदमी बन गए? जुम्मन क्या स्कूल गया था? कितना कमाल का जादू दिखाता है!'

अभी बाबला लिख ही रहा था कि सितार बजने की आवाज़ आई। बाबला झट हॉल की तरफ़ भागा। वहाँ उसके जीजाजी रिकॉर्ड प्लेयर पर सितार की धुन सुन रहे थे। उसे देखकर पूछा :

"बाबला!"

"हूँ?"

"कब आए स्कूल से?"

"थोड़ी देर हुई।"

"क्या कर रहा था?"
"होम वर्क।"
"गुड! वैरी गुड ब्वॉय!"

बाबला रिकॉर्ड के पास पड़े कवर को देखने लगा।

"ये क्या आप रिकॉर्ड लाए हो?"
"हाँ! जानते हो, ये कौन हैं?"
"नहीं।"
"पंडित रवि शंकर, सितार बजाते हैं। दुनिया के बेस्ट सितारिस्ट हैं।"
"जीजाजी, बड़ा होकर मैं भी सितार बजा सकता हूँ?"
"बड़े होकर क्यों, अभी से क्यों नहीं सीखते? बड़े होकर कमाल बजाओगे।"
"लेकिन मैं सीखूँगा कैसे?"
"घर पर टीचर रख देंगे।"
"फिर तो स्कूल नहीं जाना पड़ेगा?"

जीजाजी मुस्कुराए :

"स्कूल तो जाना पड़ेगा। पढ़ाई तो करनी पड़ेगी बेटा!"
"सितार बजाने के लिए इन्होंने जुग़राफ़िया थोड़े ही पढ़ा होगा?"

यह सुनकर जीजाजी हँस पड़े :

"बदमाश कहीं का!"

नौकरानी ने आकर पूछा :

"साहब, चाय बनाऊँ...?"

“हाँ।”

“चलो, बेटा, तुम भी कपड़े बदल लो।”

कुसुम कहती हुई बाबला को साथ ले गई।

[16]

बाबला की दीदी अपने कमरे में सिंगारदान के सामने बैठी चूड़ियाँ उतार रही थी तब जीजाजी कमरे में आए। एक मैगज़ीन उसके सामने फेंकते हुए पूछा :

“ये तुम्हारी फ़ोटू है लक्स ऐड की?”

मैगज़ीन के मुखपृष्ठ पर बाबला की दीदी की तसवीर छपी थी। फ्रॉक पहने हुए। उसने हामी भरी :

“हाँ!”

“मॉडलिंग करने लगी हो?”

“हाँ!...”

“किससे पूछ के?”

“फ़ोटू भी खिंचवाने के लिए तुमसे पूछना पड़ेगा?”

“फ़ोटू खिंचवाना और मॉडलिंग करना क्या एक ही बात है?”

“क्या फ़र्क़ है?”

“कुछ नहीं? शक्ल व सूरत होती तो कल फ़िल्मों में भी काम करने लगतीं।”

“तो इसमें क्या बुराई है?”

दीदी उठकर वहाँ से चल दी। जीजाजी देखते रह गए।

[17]

रात के वक़्त बाबला कमरे में बैठा डायरी लिख रहा था। अपने दीदी और जीजाजी के रिश्ते के बारे में :

'जीजाजी अकेले होते हैं तो कितना प्यार करते हैं! दोनों हों तो डर-सा लगा रहता है।'

उसी वक़्त दीदी उसके कमरे में आ गई।

"दूध पिया?"
"हाँ।"
"होमवर्क किया?"
"हाँ। ट्रांसलेशन था, वो कर लिया।"
"अच्छा,...ज्योग्राफ़िया किया? तेरी ज्योग्राफ़ी बहुत वीक है।"
"हूँ।"
"अच्छा!"

[18]

दूसरे दिन क्लास रूम में सभी बच्चे बैठे थे। टीचर क्लास रूम में आए तो सभी बच्चे खड़े हो गए। टीचर ने बैठने को कहा :

"टेक योर सीट!"

टीचर भी अपनी कुर्सी पर बैठ गए, और पप्पू पर नज़र पड़ते ही आवाज़ दी :

"पप्पू?"
"यस सर!"

''इधर आओ। कल कहाँ थे?''

''सर, रास्ते में आते-आते तबीयत ख़राब हो गई थी। उल्टी आ रही थी, फिर वापस घर चला गया।''

''सबूत...?''

''माँ से चिट्ठी लाया हूँ।''

पप्पू ने जेब से चिट्ठी निकालकर टीचर को दी। टीचर ने चिट्ठी पढ़ी और पूछा :

''और होमवर्क?''

''सर, कॉपी भीग गई थी, इसलिए बाहर सुखाने को रखी थी, तो नौकर ने रद्दी में बेच दी।''

''अच्छा! क्या नाम है तुम्हारे नौकर का?''

''सर, वो नौकरी छोड़कर चला गया। सोचा होगा, मैं डाँटूँगा।''

''बहुत समझदार हो! रिसेस में होमवर्क पूरा करके दिखाओ।''

''सर, रिसेस के बाद तो आपका पीरियड ही नहीं है।''

''टीचर रूम में लाकर दिखाओ।''

''यस सर!''

''गो बैक योर सीट।''

पप्पू अपनी सीट की तरफ़ चला कि टीचर ने बाबला को बुलाया :

''बाबला?''

''यस सर!''

तभी पप्पू को छींक आ गई।

''देखा सर, अभी तक तबीयत ख़राब है।''

''सिट डाउन। बाबला, इधर आओ।''

''यस सर!''

बाबला पास आ गया।

''कल कहाँ थे?''

''सर, स्कूल आते-आते तबीयत ख़राब हो गई थी।''

''उल्टी आई थी?''

''नहीं सर, पेट में दर्द हो गया था।''

''चिट्ठी लाए हो?''

''नहीं सर! दीदी की हैंडराइटिंग है न, नहीं सर, दीदी के हाथ में चोट लग गई थी न...नहीं सर, उनसे कहा ही नहीं। भूल हो गई। अब कभी नहीं करूँगा।''

''और होमवर्क?''

''अब कभी नहीं करूँगा, सर!... नहीं, होमवर्क तो किया है।''

''हूँ! जाओ, बैठ जाओ—गुड!''

एक शरारती मोटा-सा लड़का, डेस्क में मुँह देकर भारी आवाज़ में बोला :

''वेरी गुड!''

''हु इज़ दैट—अय यू पहलवान?''

''मी सर?''

''यू यू...स्टैंड अप!''

मोटू लड़का खड़ा हुआ और इस तरह खड़ा हुआ कि उसके पीछे के सारे डेस्क एक दूसरे पर गिरते चले गए। इस तरह पाँच-छह लड़के एक दूसरे पर गिर पड़े। उसी वक़्त पीरियड ख़त्म होने की घंटी बजी, और सारे बच्चे खड़े हो गए। टीचर बाहर निकल गए।

[19]

सभी बच्चे मैदान में खेल रहे थे। मैदान में एक पेड़ के नीचे बैठा पप्पू बाबला की कॉपी से होमवर्क कर रहा था। बाबला कह रहा था :

"अब कुछ भी अच्छा नहीं लगता—न स्कूल अच्छा लगता है, न घर। पहले-पहले जब आया था न, तो दोनों अच्छे लगते थे। स्कूल भी और घर भी। अब पता है, क्या लगता है? अब लगता है, दोनों को भी मेरी ज़रूरत नहीं है।"

"तो तू ऐसा कर, गाँव चला जा, माँ के पास..."

"अब माँ को भी मेरी ज़रूरत नहीं। वापस भेज देती है। पता नहीं, कब बड़े होंगे?"

"बड़े होके क्या होगा?"

"बड़ों की सबको ज़रूरत होती है, बड़ों को किसी की नहीं।"

"हाँ, जैसे हमें उनकी ज़रूरत है, और उन्हें हमारी नहीं..."

"ये दुनिया हमारी मुश्किल नहीं समझती। कभी-कभी जी करता है, भाग जाऊँ।"

"कहाँ जाएगा?"

"तू चलेगा?"

"हाँ, चलूँगा।"

"तो फिर ठीक है, किसी पहाड़ पर चलते हैं। मुझे पहाड़ देखने का बहुत शौक़ है।"

"ठीक है।"

"प्रॉमिस?"

"प्रॉमिस! प्रॉमिस!"

दोनों ने हाथ मिलाया। बाबला ने कहा :

"तो ठीक है, एक काम करते हैं। आज से हम अपनी पॉकिट मनी जमा करते हैं। एक कैम्पस ख़रीदते हैं, वो पहाड़ के जंगलों में बहुत काम आता है।"

"हाँ, एक चाक़ू भी लेंगे, वो भी बहुत काम आता है।"

"क्या काम आता है?"

"तू बता?"

"तू बता न...?"

"पहाड़ पर फल बहुत होते हैं, काट-काटकर खाएँगे।"

"ठीक है, एक ग़ुलेल भी बनाएँगे।"

"वाह, मज़ा आ गया!"

दोनों दोस्त प्लान बनाते हुए बहुत ख़ुश थे और हाथ पर हाथ मारा, जैसे सब फ़तेह कर लिया! उसी वक़्त रिसेस ख़त्म होने की घंटी बजी। दोनों दोस्त अपने-अपने बैग उठाकर क्लास की तरफ़ भाग गए।

[20]

स्कूल की छुट्टी पर बाबला और पप्पू बाज़ार से गुज़रते हुए, हलवाई की दुकान से जलेबी ख़रीदकर खाते हुए, उसे जलेबी बनाते देख रहे थे। बाबला ने पूछा :

"ऐ, मुझे ये सिखाएगा?"

"क्या बेटे?...जलेबी बनाना?"

"हाँ!"

"अरे तू पहले खाना तो सीख बेटे। वही बहुत है। अच्छे घर के लड़के हो। हलवाई बनके क्या करोगे?"

"हलवाई अच्छे घर के नहीं होते क्या?"

हलवाई ने ग़ुस्से से उनकी तरफ़ देखते हुए कहा :

"पढ़-लिखकर आफ़िसर बन जाओ। ये हम छोटे लोगों का काम है।"

पप्पू ने पूछा :

"क्या आप छोटे लोग हो?"

हलवाई ग़ुस्से में बोला :

"ऐ, तू जाता है कि नहीं? तुझे जलेबी खानी है कि मेरा भेजा?"

दोनों चुपचाप वहाँ से चल दिये।

[21]

बाबला और पप्पू सड़क के किनारे चलते-चलते जलेबी खाते हुए शिकायत कर रहे थे। बाबला ने कहा :

"देखा पप्पू! पढ़ाई के बिना जितना काम है, उसे ख़ुद करते हैं और पढ़ाई के लिए हमें आगे कर देते हैं।"

कहते-कहते बाबला की नज़र जमूरे पर पड़ी, जो मदारी का बेटा था।

"वो देख, जमूरा बैठा है।"

दोनों उसकी तरफ़ लपके। दोनों उसके पास आकर बैठ गए। बाबला बोला :

"ऐ जमूरे..."
"जमूरा नहीं, ऐ, मेरा नाम अनवर है।"

पप्पू ने पूछा :

"ऐ अनवर, तुमने बाप से बहुत जादू सीखे होंगे, एक-दो हमें भी सिखा दो।"
"फोकट में थोड़े ही सिखाते हैं।"
"ये जलेबी लेगा?"
"ला, जलेबी ला। बोल, कौन-सा जादू सीखेगा?"

बाबला ने जमूरे को जलेबी दी। वह खाने लग गया।

"ये जलेबी डबल कर दे न!"

पप्पू ने जल्दी से कहा :

"नहीं, स्कूल से छुट्टी पाने की तरकीब सिखा दे, जब जी चाहे, स्कूल से छुट्टी हो जाए।"

बाबला ने झट कहा :

"अच्छा, तेरे पास वो अँगूठी है जिसे पहनो, ग़ायब? तुम सबको देख सकते हो, तुम्हें कोई नहीं देख सकता?"
"वो अँगूठी थोड़ी, वो तो एक जादुई टोपी की ज़रूरत होती है।"

पप्पू ने ललचाते हुए कहा :

"वो टोपी हमें दे दे न!"

"पाव भर जलेबी में थोड़ी मिलती है। उसके लिए हज़ार रुपए ख़र्च करना पड़ता है।"

पप्पू ने मुँह लटकाकर कहा :

"अच्छा, कोई छोटा-सा जादू सिखा दे न!"

बाबला मायूसी से बोला :

"एक जलेबी के बराबर।"

उसी वक़्त मदारी आ गया जो जादू दिखाया करता था। उसने बेटे से पूछा :

"ले, बेटा, केला खाएगा?...अरे, ये जलेबी किसने दी?...ये बच्चे तुम्हारे दोस्त हैं?"

बाबला अनवर के गले में हाथ डालकर बोला :

"मैंने दी। मैंने दी। हम इसके दोस्त हैं।"

पप्पू ने पूछा :

"आप हमें जादू सिखाएँगे?"

मदारी ने कहा :

"जादू कहाँ, ये तो हाथ की सफ़ाई है, आँखों का धोखा है।"
"आप हमें जमूरा बना लो न!"
"तुम्हें जमूरा बनाएँगे तो स्कूल कौन जाएगा?"

बाबला ने कहा :

"अनवर स्कूल थोड़े ही जाता है।"
"यही तो बदनसीबी है बेटे! ग़रीब बाप के साथ पिस रहा है। तुम ख़ुशनसीब हो जो स्कूल जाते हो, तुम्हारे माँ-बाप पढ़ाते हैं।"

पप्पू यह सुनते ही बाबला से बोला :

"चल बाबला, घर को देर हो रही है।"

बाबला मुँह बनाते हुए खड़ा हो गया :

"चलो भैया!"

मदारी ने बेटे से कहा :

"ले, बेटा, खा ले। ये साल रात के स्कूल में पढ़ ले। अगले साल मैं तुझे सरकारी स्कूल में डाल दूँगा।"

[22]

पप्पू के घर पर पोस्टमैन चिट्ठी लेकर आया। पप्पू के पिताजी ने ले ली। चिट्ठी देकर उसने साइन करने को कहा :

"यहाँ साइन कर दीजिए।"
"पेन?"
"पेन तो नहीं है मेरे पास।"

पिता अन्दर की तरफ़ मुड़े। अपनी बीवी से बोले :

"ज़रा पेन देना पप्पू की माँ!"

पेन लेकर साइन किया तो पेन नहीं चला।

"ओह, हो..."

पेन में इंक नहीं थी। उन्होंने अपनी बेटी का पेन लिया जो कुछ पढ़-लिख रही थी। लेकिन वह भी वैसा ही बिना इंक का।

उन्होंने ग़ुस्से से उसे देखा।

"पापा, इंक ख़त्म हो गई है, अभी भरती हूँ।"

"कूढ़ हैं सब। दस आदमी हैं घर में, सभी पढ़ते-लिखते हैं, पर एक पेन ठीक नहीं है।"

कहते हुए पेन फेंक दिया, और बड़े बेटे के कमरे की तरफ़ बढ़े, जहाँ से म्यूजिक की बड़ी तेज़ आवाज़ आ रही थी। चन्दू म्यूजिक सुनते हुए सिर धुनते हुए सिगरेट भी फूँक रहा था।

"चन्दू?"

म्यूजिक की आवाज़ में उनकी आवाज़ दब गई। ग़ुस्से में चिल्लाए :

"चन्दू...?"

चन्दू ने जल्दी से सिगरेट फेंक दी।

"जी, डैडी!"

"कोई पेन है?"

"जी...?"

"कोई पेन है?"

"एक मिंट..."

म्यूजिक बन्द कर दिया।

"बॉल पेन है...कहाँ गया—ये रहा!"

घबराहट के साथ पेन पिता के हाथ में दिया।

"ये पेन..."

पिता ने लिखकर देखा, लेकिन यह पेन भी नहीं चला।

"ये पेन भी नहीं लिख रहा है।"
"ओह, रिफ़िल ख़त्म हो गई डैडी!"
"पेन की रिफ़िल ख़त्म नहीं हुई, तुम्हें रीफ़िल की ज़रूरत है।"

इतना कहकर वे कमरे से निकल गए। हॉल में आए तो पप्पू ने पेन लाकर दिया।

"डैडी, ये लीजिए पेन।"
"देखा, सबसे छोटा और सबसे ज़्यादा काम का!"

पिता ने उस काग़ज़ पर साइन कर दिया और पोस्टमैन को दे दिया। पेन पप्पू को वापस देने लगे तो देखा, पेन बहुत क़ीमती था।

"ये पारकर पेन कहाँ से लिया?"
"मेरे दोस्त ने दिया डैडी!"
"कौन से दोस्त ने?"
"बाबला! स्कूल में मेरे साथ पढ़ता है।"
"क्यों दिया?"
"प्रेज़ेंट दिया डैडी।"
"झूठ बोलता है?"

एक तमाचा पप्पू के चेहरे पर मार दिया।

"इतना क़ीमती पेन तुझे प्रेज़ेंट में देगा?"

आवाज़ सुनकर पप्पू की माँ भी आ गई।

"क्या हुआ?"
"एक नया गुल खिलाया है...अब चोरी भी करने लगा है।"
"कौन करता है...? डैडी झूठ बोलते हैं। यहीं पास में ही तो रहता है, चलकर पूछ लो न। दफ़्तर के

कागज़-पेंसिल लाकर देते हैं, और चोरी मैं करता हूँ?"

माँ ने टोका :

"पप्पू, तमीज़ से बात करो।"

पिता ने मारे ग़ुस्से से कान मरोड़े और कहा :

"अभी चल मेरे साथ! ऐसा कौन-सा तेरा दोस्त है जो इतने रईस का बेटा है जो तुझे इतना महँगा पेन देता है! चल मेरे साथ!"

पिता पप्पू को घसीटते हुए घर के बाहर लेकर निकल गए।

[23]

बाबला के जीजाजी घर में बैठे अख़बार पढ़ रहे थे। तभी पप्पू और उसके पिता आ पहुँचे।

"आपका बेटा घर में है?"
"बाबला?"
"जी! ये पेन देखिए ज़रा।"

वह पेन बाबला के जीजाजी के हाथ में दिया।

"पप्पू कहता है, ये उसने प्रेज़ेंट किया है।"
"ये तो उसी का है...मैंने बाबला को प्रेज़ेंट किया था। बाबला?"

बाबला अन्दर से आया। पप्पू और उसके पिता को दरवाज़े पर देखकर ठिठक गया।

"जी?"

"ये पेन तुम्हारा है बेटा?"
"जी..."
"तुमने पप्पू को दिया?"
"जी!"

पप्पू के पिता ने पूछा :

"पिताजी से पूछ के दिया?"

बाबला की जगह पप्पू ने कहा :

"ये उसके पिता नहीं, जीजाजी हैं।"
"जीजाजी से पूछकर दिया था?"
"नहीं..."

जीजाजी अचानक उनके बीच में बोले :

"कोई बात नहीं...दे दिया उसे तो रहने दीजिए।"
"नहीं! इतने महँगे पेन देकर बच्चों को क्यों ख़राब करते हैं?"
"इसके बर्थ-डे पर लेकर दिया था। जब बड़ा होगा, तो लिखेगा। फिर अन्दर रखने को कहा था।"

पप्पू की ज़ुबान फिर खुजलाई :

"अन्दर रखेगा, तो लिखेगा कैसे?"

पिता ने डपटा :

"शटअप...घर चल।"

दोनों बाप बेटे चले गए। जीजाजी को पप्पू के अन्दाज़ अच्छे नहीं लगे। ग़ुस्से में बोले :

"ये दोस्त हैं तुम्हारे? बात करने की तमीज़ नहीं है। और तुम्हें कहा था, इसे स्कूल लेकर मत जाना।"

जीजाजी ने मारे ग़ुस्से के पेन वहीं पास में रखकर वापस अख़बार उठा लिया।

[24]

बाबला अपने कमरे में बैठा डायरी लिख रहा था :

'ये भी कोई ज़िन्दगी है जिसमें दोस्त को एक पेन भी प्रेज़ेंट नहीं कर सकते! वो प्रेज़ेंट नहीं चाहिए जिसे मैं स्कूल न ले जा सकूँ।'

[25]

स्कूल में बच्चे बॉल से खेल रहे थे। खेलते-खेलते वह बॉल उस मोटू बच्चे के पास चला गया जिससे सारे बच्चे डरते थे। उसका नाम भीमा था। बाबला ने उससे बॉल माँगा!

''ऐ भीमा, बॉल दे...ऐ भीमा, बॉल दे न!''

भीमा ने आँख मारकर कहा :

''सामने देख, कौन आ रही है?''

बाबला ने देखा, उसकी बड़ी बहन आ रही थी।

''तेरी बहन है न, लक्स वाली?''

''मेरी दीदी हैं। टीचर से मिलने आई होंगी।''

"हिरन की चाल चलती है। क्या माल है!"

यह सुनते ही ग़ुस्से में बाबला ने भीमा के मुँह पर थूक दिया। भीमा उसको मारने झपटा और दोनों में लड़ाई शुरू हो गई। दोनों एक-दूसरे से लिपट गए और सारे बच्चे गोल दायरे में खड़े तमाशा देखने लगे। बाबला ने भीमा के हाथ पर काट लिया।

[26]

बाबला की बहन प्रिंसिपल के कमरे में बैठी बाबला के मुतालिक़ बात कर रही थी :

"सारा दिन तो बच्चे स्कूल में रहते हैं। दस तरह की शैतानी सीखते हैं। दस तरह की शरारतें करते हैं। मेरी समझ में नहीं आता, हम क्या करें?"

"देखिए, मिसेज़ गुप्ता, हम तो सिर्फ़ इत्तला कर सकते हैं कि लड़का बिगड़ रहा है तो आपको ख़बर कर दें; या सुधर रहा है तो आपको ख़बर कर दें। ये लड़के इतना स्कूल में नहीं सीखते, जितना बाहर सीखते हैं—और स्कूल सारा दिन उनका ख़याल तो कर नहीं सकता।"

"हमारी भी यही मुश्किल है। हमारे लिए भी सारा दिन ख़याल करना मुश्किल हो जाता है। वे सुबह फ़ैक्टरी चले जाते हैं। मुझे ऑफ़िस जाना पड़ता है।"

"फिर भी ख़याल तो रखना ज़रूरी है। आख़िर ये ज़िम्मेदारी है किसकी?"

"क्यों, स्कूल की नहीं है?"

“है। माँ-बाप की नहीं...?”

“है, लेकिन...”

उसी वक़्त चपरासी भीमा और बाबला को पकड़कर प्रिंसिपल के कमरे के दरवाज़े पर आ गया।

“मे आई कम इन सर?”

“कम इन!”

चपरासी ने भीमा का हाथ दिखाते हुए कहा :

“ये देखिए, कितनी ज़ोर से काटा है इसके हाथ पर बाबला ने।”

प्रिंसिपल ने देखा और चपरासी से कहा :

“तुम जाओ।”

दीदी ने बाबला से पूछा :

“ये तुमने किया?”

प्रिंसिपल ने बात काटी :

“जस्ट अ मिंट। आप जानते हैं, जो काटते हैं, उन्हें क्या कहते हैं?”

“और जो बुरी गालियाँ देते हैं, उन्हें क्या कहते हैं?”

बाबला की दीदी फिर बीच में बोली :

“इसने गाली दी?”

प्रिंसिपल ने फिर रोका :

“प्लीज़, मिसेज़ गुप्ता, आप चुप रहें...तुमने गाली दी थी?”

“मैंने कहा था कि...”

“तुमने क्या कहा था, मैं सुनना नहीं चाहता। तुमने गाली दी थी?”

“मैंने कहा था, तेरी बहन हिरन की चाल चलती है। ये गाली है?”

बाबला बोला :

“और वो जो कहा था, क्या माल है?”

दीदी ने ज़ोर से डपटा :

“शटअप!”

[27]

रात के वक़्त बाबला की दीदी अपने कमरे में बालों में कंघी कर रही थी और सुबह की बात बता रही थी। इस वक़्त भी उसका ग़ुस्सा सातवें आसमान को छू रहा था।

“बात करने की तमीज़ नहीं है। इतनी गन्दी ज़बान कभी ज़िन्दगी में सुनी नहीं, जो ये लड़के स्कूल में बोलते हैं।”

बाजू के कमरे में बाबला अपने बिस्तर पर लेटा अपनी दीदी और जीजाजी की बातें सुन रहा था।

“तुम्हारा मतलब, क्या ये सब स्कूल में सीखते हैं?”

“नहीं तो क्या मैं सिखाती हूँ?”

''मुझ पर चिल्लाने से क्या फ़ायदा...? माँ-बाप की चाल ही नहीं, चलन का भी असर पड़ता है बच्चों पर, समझीं?''

यह कहकर जीजाजी दूसरी तरफ़ निकल गए। दीदी की बड़बड़ाहट चलती रही :

''बस, मैं इतना जानती हूँ, जिस दिन स्कूल ने निकाल दिया, मैं उसे घर से निकाल दूँगी।''

[28]

सुबह के वक़्त बाबला के कमरे में डॉक्टर साहब उसका चेकअप कर रहे थे। बाबला की तबीयत ठीक नहीं थी।

''आँख दिखाओ। मुँह खोलो, और खोलो...आ... आ...करो।''

डॉक्टर साहब ने मज़ाक़ किया :

''बड़ी लम्बी ज़बान है तुम्हारी!''

चेकअप के बाद डॉक्टर साहब बाहर निकल गए। पीछे-पीछे पास खड़ी दीदी भी चली गई। हॉल में जीजाजी बैठे थे। नौकरानी कुछ पीने को ला रही थी। जीजाजी ने पूछा :

''कैसा है?''

''कुछ नहीं। ऐसे ही टेंशन की वजह से बुख़ार हो गया है। घबराने की कोई बात नहीं।''

दीदी ने हैरत से पूछा :

"डॉक्टर साहब! इतने-से बच्चे को कौन-सा टेंशन हो सकता है?"
"बच्चों के टेंशन बहुत सख़्त होते हैं। वेरी इंटेंस, डोंट टेक अ चांस!"
"अभी से ये हाल है तो बड़ा होके भाड़ झोंकेगा?"

डॉक्टर ने दीदी को समझाने की कोशिश की :

"मिसेज़ गुप्ता! बच्चों की तालीम में हम लोग बहुत बड़ा रोल अदा करते हैं। बच्चों को ज़िन्दगी से डरा के रखते हैं, कि पढ़ो वरना बड़े होकर भाड़ झोंकोगे, जैसाकि आपने अभी-अभी कहा। ज़िन्दगी हव्वा है या शैतान है, जिससे बड़े होकर मुक़ाबला करना होगा? हम यूँ क्यों नहीं कहते, ज़िन्दगी गुड़िया की तरह ख़ूबसूरत है, उसे पाने के लिए अपने-आपको क़ाबिल बनाओ, एंज्वाय करने के लिए अपने-आपको क़ाबिल बनाओ, बड़ा होकर बड़ा मज़ा आएगा? बड़ी निगेटिव अप्रोच है हमारी।"

दीदी को ख़ामोश देखकर डॉक्टर ने कहा :

"यू आर बोर। ठीक है, चलता हूँ मैं, नहीं तो आपको भी टेंशन हो जाएगा।"

डॉक्टर चल पड़े।
जीजाजी पहले से नाश्ता कर रहे थे। दीदी आई और उनसे बोली :

"सुनो, फ़ैक्टरी जाते हुए बाबला के स्कूल चले जाना। कह देना, बीमार है।"
"तुम ख़ुद चली जाओ, मुझे फ़ुर्सत नहीं है।"
"हाँ, भाई मेरा है, मुझे ख़ुद ही देखना पड़ेगा।"

"कोई ज़रूरत नहीं।"

"क्या मतलब?"

"मतलब ये कि आज तक भी घर की नौकरानी ही देखती रही है। वही देख लेगी।"

"तुमने तो नहीं देखा?"

"फ़ैक्टरी छोड़ के अब क्या घर देखना पड़ेगा?"

"माँ से लाते वक़्त तुमने ही ज़्यादा शौक़ दिखाया था।"

"हाँ, उस वक़्त मैंने सोचा था, दिन भर तुम अकेली रहोगी। अगर छोटा भाई साथ रहेगा तो तुम्हारा दिल बहलता रहेगा। लेकिन अब देख रहा हूँ कि तुम किस क़दर घर में अकेली रहती हो।"

"तुम कहना क्या चाहते हो?"

"कहना यही चाहता हूँ कि जिस घर में भाई को लाई हो, तुम ख़ुद उस घर में नहीं हो।"

"'घर में नहीं' मतलब?"

"मतलब-वतलब मैं नहीं जानता।"

"मैं जानती हूँ। तुम मेरे काम से जलते हो।"

"जो कमाती हो, वो घर में ही लाती हो, इसमें जलने की क्या बात है?"

गुस्से में दीदी खड़ी हो गई और जीजाजी के पास जाकर पूछा :

"तुम मुझ पर शक करते हो?"

"जितना घर रहती हो उतना जानता हूँ। बाहर जाकर क्या करती हो, ये मुझे देखने की फ़ुर्सत नहीं है। और देखो, ये घर न तुम्हारी कमाई से चलता था, और न अब चलेगा। तुम काम करके किसकी ज़रूरत पूरी कर रही हो, ये तुम बेहतर जानती हो, समझीं?"

ग़ुस्से से कहते हुए जीजाजी उठकर चले गए। दीदी वहीं खड़ी उन्हें देखती रही।

[29]

बाबला दूध पी रहा था। पास खड़ी नौकरानी ने दूध पीने के बाद ख़ाली गिलास ले लिया और उसे लिटाकर कमरे से जाने लगी तो दरवाज़े पर दीदी मिल गई। दवा देते हुए बोली :

"दो-दो घंटे पर ये सिरप देना, और साथ में ये गोली भी।"
"खाना..."
"गोली दी न।"
"खाने के लिए?"
"खिचड़ी बना देना।"

फिर बाबला से बोली :

"अब कहीं बाहर नहीं जाना।"

इतना कहकर दीदी कमरे से बाहर निकल रही थी कि उसे पप्पू मिल गया।

"नमस्ते आंटी, बाबला को बुख़ार है?"
"हाँ, बुख़ार है। जाते हुए उसकी एप्लीकेशन लेते जाना, ठीक है?"

दीदी बाहर निकल गई।
पप्पू बाबला के पास आया। बिस्तर पर बैठते हुए पूछा :

''बाबला, बुख़ार हो गया?''
''हाँ, यार, मुझे तो बुख़ार हो गया।''
''तो मैं स्कूल में अकेला क्या करूँगा?''
''और घर में मैं अकेला क्या करूँगा? इससे अच्छा तो स्कूल ही चला जाता।''
''सचमुच की छुट्टी इतनी अच्छी नहीं लगती, जितनी झूठमूठ की छुट्टी अच्छी लगती है।''
''हाँ, गुटली मारने में तो बहुत मज़ा आता है।''

नौकरानी दवा और पानी लेकर आ गई।

''ले बेटा, ये दवाई पी ले।''
''ये बहुत कड़वी लगती है।''
''पी ले, पी...बाद में तुझे चीनी दूँगी।''

मुँह में लगाया :

''बहुत कड़वी है।''
''पी ले राजा!''

[30]

रेल इंजन का ड्राइवर इंजन में कोयला डाल रहा था। कोयला पड़ते ही आग और लपककर ऊपर की तरफ़ उठी। ड्राइवर अपनी तरंग में गाना गुनगुना रहा था :

'हम का धन्नो के पास भिजा दे रामा
हम न करें नौकरी...'

कोयला निकालते हुए उसे किसी की झलक लगी कि कोई कोयले के ढेर पर छुप रहा

था। बाबला ठंड से ठिठुर रहा था। ड्राइवर ने आवाज़ मारी :

"अरे, कौन है वहाँ?"

ढेर में से कोयला फिसलकर गिरा। असिस्टेंट बोला :

"कोयला, उस्ताद, कोयला!"
"मुझे तो अठन्नी दिख रही है।"
"ऊपर जाकर देखो उस्ताद, पूरा रुपया नज़र आ जाएगा।"
"अल्लाह क़सम, मैं सच कह रहा हूँ, कोई है। मज़ाक़ नहीं कर रहा हूँ।"

उनकी बातें सुनकर बाबला जल्दी से ढेर से उतरकर इंजन के पिछले हिस्से में छुप गया, जहाँ इंजन और डिब्बे का ज्वाइंट था। ड्राइवर कोयले के ढेर पर चढ़कर इधर-उधर देखने लगा और आवाज़ लगाई :

"अरे, कौन है वहाँ?"

ड्राइवर इंजन के पीछे लगे डिब्बे पर भी कूद गया मगर कोई नज़र नहीं आया। वह बड़बड़ाया :

"कोई ससुरा नज़र नहीं आ रहा।"

यह कहते हुए वापस चला गया।
बाबला इंजन के पीछे लगे लोहे के रॉड को पकड़े काँप रहा था। थकन इस क़दर थी कि इस हालत में भी आँख बन्द हो रही थी। ट्रेन अपनी पूरी रफ़्तार से चल रही थी। बाबला को नींद की झपकी आने

लगी। इंजन ने सीटी मारी तो बाबला का हाथ चौंककर छूटने लगा। उसके मुँह से चीख़ निकल गई। चीख़ सुनकर ड्राइवर बोला :

"मेरा दिल कहता है, है कोई कोयला चोर। लटक रहा होगा। ज़रूर मरेगा साला।"
"कहीं झूठ तो नहीं बोल रहे हो उस्ताद?"
"अरे काहे को बदनाम करता है?"

ड्राइवर कुछ सोचकर कोयले के ढेर पर चढ़ गया। इंजन और डिब्बे के बीच में झाँका, तो देखा, एक छोटा-सा लड़का रॉड पकड़े लटक रहा था।

"अरे साले, फाँसी लगवाएगा? चल, ऊपर आ!"
"उस्ताद, कोई मिला क्या?"
"ऐ यहाँ है।"

बाबला का हाथ पकड़कर खींचा :

"अबे, तेरी मौत आई थी क्या? क़िस्मत वाला है, बच गया।"

वह बाबला को पकड़कर इंजन के अन्दर ले आया और बैठने को जगह दी।

"रघू, सँभाल इसे। कम्बल ओढ़ा, कम्बल।"

असिस्टेंट ने कहा :

"बेचारा अनाथ लगता है।"
"अरे बिटवा, तू है कौन?"
"बेचारा अनाथ हूँ।"
"कहाँ जा रहे हो?"

''माँ के पास।''

''अरे वाह, बिटवा, अपने-आपको अनाथ भी कहते हो और जा भी रहे हो माँ के पास! अरे रघू, इसको ज़रा पानी-वानी पिला, फिर होश की बात करेगा।''

रघू ने पानी पिलाया। वह बहुत देर से प्यासा था।

''कुछ खाएगा?''

''भूख तो लगी है। आप लोगों ने खाया?''

ड्राइवर ने कहा :

''अरे बिटवा, हमार चिन्ता मत कर। रघू, डिब्बे में रोटी रखी है, खिला दे।''

''हाँ, जी!''

रघू ने टिफ़िन खोलकर बाबला के सामने रखा। बाबला जल्दी-जल्दी खाने लगा। गाड़ी पूरी रफ़्तार से भाग रही थी। बाबला ने खाना खा लिया तो रघू ने उसे कम्बल ओढ़ाकर सुला दिया।

सोते में बाबला को सपने दिखाई दे रहे थे, जिसमें वह अपने साथी पप्पू के साथ खेल रहा था, और रस्सी में लटके सेब खाने की कोशिश कर रहा था। दोनों के हाथ पीछे बँधे हुए थे और उछल-उछलकर मुँह से सेब पकड़ने की कोशिश कर रहे थे। उन्हें इस खेल में बहुत मज़ा आ रहा था। दोनों बहुत ख़ुश थे।

[31]

बाबला इंजन में सोया था। आँख खुली तो देखा कि ट्रेन एक स्टेशन पर रुकी थी। वह इंजन से उतर गया। इंजन ड्राइवर और उसका असिस्टेंट भी नहीं थे। बाबला प्लेटफ़ार्म पर टहलने लगा। फिर एक बेंच पर लेटकर सो गया।

इंजन ड्राइवर पानी भर रहा था। पानी भरकर जब लौटा तो बाबला नहीं था। उसने अपने असिस्टेंट से पूछा :

"रघू!"
"जी उस्ताद?"
"वो अठन्नी तो चली गई!"
"खोटी थी उस्ताद, इसलिए चली गई।"
"जाने दे साले को, अपन भी चलते हैं।"

ड्राइवर ने इंजन की सीटी बजाई, और गार्ड ने हरी झंडी का इशारा किया। गाड़ी चल पड़ी। बाबला बेंच पर सोया रह गया। कुछ देर बाद एक हवलदार ने उसके पास आकर उसे उठाया :

"ऐ लड़के...ऐ लड़के, यहाँ क्या कर रहा है?"
"बेचारा अनाथ हूँ।"
"यहाँ क्यों सो रहा है?...चल यहाँ से! साले नींद में भी भीख माँगते हैं!"

हवलदार ने उसका हाथ पकड़कर स्टेशन के बाहर निकाल दिया और सलाख़ों का जंगला बन्द कर दिया।

बाबला प्लेटफ़ार्म के बाहर निकल आया।

[32]

रात का वक़्त था। स्टेशन के बाहर वाली छत के नीचे कुछ लोग बिस्तर लगाए सो रहे थे। ठंड ख़ूब बढ़ रही थी। बाबला वहीं एक दीवार के सहारे बैठ गया। यहाँ पहले से एक आदमी गुदड़ी लेकर बैठा था। बाबला ने बैठे-बैठे पैर पसारे और गुदड़ी में डाल दिये। उस आदमी ने बाक़ी गुदड़ी उसके ऊपर डाल दी।

[33]

सुबह के वक़्त स्टेशन पर साफ़-सफ़ाई करने वाले आ गए। बाबला और वह आदमी भी उठ गए। जो आदमी बाबला के साथ सोया था, वह एक अन्धा भिखारी था, जो स्टेशन पर गा-गाकर भीख माँगता था। उसने बाबला को छूकर देखा।

''कौन है रे...?''
''बेचारा अनाथ हूँ।''
''कोई नया लगता है। भोलू को ठंड लगती है तो रात को आ जाया करता है। चल, उठ...''

बाबला ने हैरत से पूछा :

''गाड़ी कहाँ गई?''
''कौन-सी गाड़ी?''
''मैं तो गाड़ी में था।''

अन्धे ने कपड़ा लपेटते हुए कहा :

''कौन-सी गाड़ी छूट गई तेरी?''

अन्धे ने बाबला को छूकर देखा। बाबला उसी को देख रहा था।

"नहीं, कुछ नहीं।"

अन्धे ने मुस्कुराकर कहा :

"गाड़ी छूटने का ग़म मत कर बालक, स्टेशन न छूटने पाए, हूँ! चढ़े कहाँ, ये याद नहीं, पर उतरने का समय मत भूलियो।"

"तुम क्या अन्धे हो?"

"तू भी अन्धा है क्या?"

"मैं तो देख सकता हूँ।"

"देख के भी जो पूछता है, वो अन्धा नहीं तो और क्या है? चल, उठ। मुँह-हाथ धो ले। धन्धे का समय हो गया है।"

"धन्धा! कौन-सा धन्धा?"

"भीख नहीं माँगेगा?"

"मुझे भीख माँगना अच्छा नहीं लगता।"

"तो तू क्या करेगा?"

"कोई भी काम करूँगा।"

"पढ़े-लिखों की तरह बात करता है। शुरू-शुरू में मुझे अच्छा नहीं लगता था। फिर देखा, लोग मजदूर को इतना नहीं देते, जितना फ़क़ीर को देते हैं। करम कितने भी बुरे कर लें, लेकिन धरम बहुत बचा के रखते हैं लोग। चल उठ, धूप चढ़ती जा रही है।"

"तुम्हें कैसे मालूम?"

"धूप की सुगन्ध आ रही है न!"

"सुगन्ध? धूप की सुगन्ध थोड़े होती है?"

"होती है। होती है। जब छाँव के छाले पड़ेंगे तब धूप की तेज़ी पता चलेगी। चल, उठ। उठ।"

अन्धे ने बाबला को उठने को कहा और दोनों स्टेशन से बाहर आए। अन्धा फ़क़ीर कुछ गुनगुनाने लगा :

'धूप में सेंकीं छाँव की चोटें
छाँव में देखी, धूप के छाले
मितवा रे...
भूल गए हम राही।'

दोनों एक चाय की दुकान पर आए। अन्धे फ़क़ीर ने कहा :

"नंदू, दो चाय देना।"
"आज दो कैसे?"
"ये है न मेरे साथ।"
"अच्छा, देता हूँ।"

नंदू दो चाय लेकर फ़क़ीर और बाबला के पास आया।

"ये लो, रसक भी साथ में है।"

दोनों चाय पीने लगे। सड़क पर एक एक्सीडेंट की आवाज़ हुई, फिर कुछ शोर सुनाई दिया और लोगों की भीड़ जमा हो गई। फ़क़ीर ने नंदू से पूछा :

"क्या हुआ रे...किसका स्टेशन आ गया?"
"अरे बच गया भीकू! अभी मर जाता। टाँग-वाँग कट जाती तो भीख माँगने से भी जाता।"
"अरे क्या जाता?...पूँजी हाथ लग जाती।"
"पूँजी कैसी?"
"कटाई के पैसे कार वाला दे देता। कटी टाँग से रोज़गार बढ़ जाता।"

"और मर जाता तो...?"

अन्धा फिर मुस्कुराया :

"वैसे भी कौन-सा जी रहा है?...हमारे जीने को भी जीना कहते हो नंदूलाल! कहते हैं, दुनिया देखने का मोह छुटता नहीं। न देखने पर भी कौन-सा छुटता है!"

फिर बाबला से पूछा :

"कुछ और चाहिए रे...?"
"नहीं...नहीं..."
"नाम क्या है तेरा?"
"बाबला!"
"कहाँ रहता है?"
"कहीं नहीं!"
"हैं, कहीं नहीं? घर-घाट कोई नहीं?"
"नहीं..."

फ़क़ीर फिर गुनगुनाने लगा :

'जन्म से बंजारा हूँ बंधु...
जन्म-जन्म बंजारा...
कहीं कोई घर न घाट न अंगनारा।'

बाबला ने भी वही गुनगुना दिया :

'जन्म-जन्म बंजारा...'
"बड़ी जल्दी बंजारा बन गया रे तू! क्या उम्र है तेरी?"
"बारह साल।"
"मैं भी बारह साल का था जब घर से निकला था।"
"क्यों?"
"माँ के जुल्म नहीं सह सका।"
"माँ कोई जुल्म थोड़े ही करती है!"

"करती है रे। सौतेली माँ हो तो बहुत करती है। कितने साल हो गए उसे देखे। अब तो ज़िन्दा भी नहीं होगी। लेकिन अब भी उसकी याद आती है तो नींद में चाबुक पड़ते हैं उसके। सुबह उठो तो लगता है, पीठ लाल हो गई है।"

तभी एक बौने क़द का आदमी उनके क़रीब आकर अन्धे से बोला :

"ऐ बैजू! गुरू, आज चाय नहीं पिलाएगा?"
"आ जा...आ जा टिंगू। नंदू, इसे भी चाय पिला।"
"अच्छी बात है। आ जा टिंगू!"

टिंगू अन्धे फ़क़ीर के क़रीब आया और उससे कुछ कहने की कोशिश करने लगा :

"गुरू..."
"आ जा...चाय पी ले। ले, ले नंदू, ले।"

फिर बाबला से बोला :

"तू टिंगू के पास बैठ, मैं ज़रा आता हूँ मन्दिर से।"

अन्धा फ़क़ीर खड़ा हो गया और नंदू को पैसे दिये।

"नंदू, ले। पैसे ले बाबा तेरे।"

टिंगू वहीं ज़मीन पर बैठकर चाय पीने लगा। बाबला उसे ग़ौर से देख रहा था। टिंगू मुस्कुराया और उसे इशारे से पास बुलाया। बाबला उसके पास चला गया।

"तेरा क्या नाम है?"
"बाबला।"
"तेरा क्या नाम है?"

"टिंग...टिंग–टिंगू!"

टिंगू हकलाता था। दोनों ने हाथ मिलाया और दोस्त बन गए।

[34]

यार्ड में खड़ी मालगाड़ी के गार्ड का डब्बा था, जिसमें टिंगू और बाबला बैठे थे। बाबला ने पूछा :

"तू पिक्चर देखता है?"
"हाँ, देखता हूँ।"
"रोज़?"
"रोज़ नहीं। संडे को यही टेम।"
"तूने शोले देखा?"
"देखा।"
"धरम वीर?'
"देखा।"
"उसका गाना सुना?"
"हम बंजारों की बात मत पूछो, जो प्यार किया तो प्यार किया...जो नफ़रत की, नफ़रत..."

बाबला उसके गाने के तरीक़े पर हँसने लगा।

"और कोई गाना आता है?"
"नहीं। एक डायलॉग आता है।"
"सुना।"
"ऐ कालिया, कितने आदमी थे?...हुजूर, दो।... और तुम तीन हरामज़ादे। अब गोली खा।"

यह सुनकर बाबला हँस पड़ा। उसी वक़्त फ़क़ीर बाबा की आवाज़ आई। बाबला बोला :

"लगता है, बाबा बुला रहे हैं। उनकी ट्रेन का टाइम हो गया। चल..."

टिंगू और बाबला दोनों वहाँ से चल दिये।

[35]

एक चलती हुई ट्रेन में वह अन्धा फ़क़ीर ढफ़ली बजा-बजाकर गा रहा था और लोग अन्धा जानकर उसे पैसे दे रहे थे। पीछे-पीछे बाबला भी था और वह यह सब देख रहा था।

'मेरे साथ चले न साया
धर्म नहीं, कर्म नहीं...जन्म गँवाया
मेरे लिए दिन भी अँधेरा
मेरे लिए रात भी न लाए सवेरा
जो दे उजाला, दे सवेरा
वही मेरा हमसाया
धर्म नहीं, कर्म नहीं...जन्म गँवाया
मेरे साथ चले न साया...'

एक मुसाफ़िर ने बाबला को पैसा देना चाहा, बाबला ने इनकार कर दिया, और आगे बढ़ गया।

'मेरे लिए, जगत भी सौतेला
भरी हुई भीड़ में रहा अकेला
जो दे सहारा, दे किनारा
वही मेरा हमसाया

धर्म नहीं, कर्म नहीं...जन्म गँवाया
मेरे साथ चले न साया।'

[36]

स्टेशन से सटा हुआ एक ढाबा था। वहाँ अन्धा फ़क़ीर और बाबला आए। अन्धे ने वहाँ के नौकर को आवाज़ दी :

"अरे हरि राम..."

नौकर ने आकर अन्धे भिखारी को किचन की भट्ठी की दीवार की तरफ़ बिठाया।

"दाल-रोटी ले आ–और सुन, पानी पिला दे।"

खाने के बाद भी अभी तक वे दोनों वहीं भट्ठी की दीवार से लगे बैठे थे; बल्कि बाबला अभी तक खाना खा ही रहा था। उसी वक़्त एक और अन्धा फ़क़ीर ढाबे पर आया तो उसकी आवाज़ सुनकर इस अन्धे फ़क़ीर ने उसे पुकारा :

"अरे खैमा!"
"कौन, बैजू?"
"अरे कहाँ था इतने दिन?"
"झुनिया को छोड़ने उसकी माँ के पास गया था।"
"अच्छा, फिर बाप बनने की तैयारी हो रही है? अरे चार तो हो गए, बस कब करेगा?"

खैमा हल्के से मुस्कुराकर कहने लगा :

"बस, वो...क्या...बस..."

बाबला यह सब सुन रहा था, लेकिन उसे कुछ समझ नहीं आ रहा था। उसने फकीर से पूछा :

"क्या उसके बच्चे भी अन्धे हैं?"
"देख सकते हैं—इसी शौक़ में तो पैदा कर रहा है।"
"क्या उसकी बीवी भी देख सकती है?"
"हाँ।"
"फिर उसने अन्धे से क्यों शादी की?"
"बहुत सवाल पूछता है रे!"

फ़क़ीर ने बाबला की तरफ़ झुककर पूछा :

"क्या वो सुन रहा है?"
"नहीं।"
"खैमा बहुत पैसे वाला भिखारी है।
ये तो इन लोगों की बिरादरी में आके ही पता लगता है। बहुत बड़ा समाज है इनका। कुछ लोग तो बहुत बड़े ख़ानदानी हैं। कोई नया-नया भिखारी बना हो तो उस ख़ानदान से रिश्ता नहीं करते। कुछ ख़ानदान तो ऐसे हैं जिसमें औरतों से भीख नहीं मँगवाते हैं। भीख माँगने के तरीक़े सिखाने वाले मास्टर भी हैं इन लोगों में, जो फ़ीस लेकर सिखाते हैं।"

बाबला ने हैरत से कहा :

"तो, यहाँ भी मास्टर आ गए?"
"इन लोगों की शादियाँ राजा-महाराजाओं की तरह होती हैं। बहुत लेन-देन होता है। क़ानूनी लिखत-पढ़त होती है। दहेज में बड़ी-बड़ी गलियाँ और मुहल्ले बाँटे जाते हैं।"

खैमा खाना खा चुका था और खड़े होते-होते अन्धे फ़क़ीर को पुकारा :

"अरे बैजू?"
"हाँ, खैमा!"
"अरे खाना-वाना हो गया?"
"हाँ।"

खैमा धीरे से आवाज़ का अन्दाज़ा लगाकर रास्ता टटोलकर उनकी तरफ़ आ गया।

"हाँ, ये ले, बीड़ी पी लो।"

बैजू ने बाबला से कहा :

"चल बाबला!"

खैमा ने पूछा :

"कौन है तेरे साथ?"
"एक बालक है।"
"सुनैनी है कि सूरदास है?"
"सुनैनी है रे। चल बाबला!"

खैमा ने बीड़ी बढ़ाई और बैजू ने ले ली। फिर वह भी खड़ा हो गया और बीड़ी जलाकर दोनों बाहर की तरफ़ बढ़ गए। बाबला दोनों को चलते हुए देखने लगा।

[37]

खैमा और बैजू दोनों प्लेटफ़ार्म पर आए और वहाँ खड़ी गाड़ी के पास खड़े होकर बातें करने लगे।

"मेरी सास तो बहुत रोक रही थी पर मैं ही चला आया। तुम जानो, ये तो धन्धे का टेम है। और फिर एक मुसीबत और आने वाली है।"

बैजू हँस पड़ा :

"ये तो ज़िन्दगी भर लगा रहेगा।"

गाड़ी ने विसिल दी तो दोनों अलग-अलग डिब्बों में चढ़ गए।

"चलो, चलो, गाड़ी चल पड़ी।"
"हाँ, हाँ!"

'हाँ' कहता हुआ बैजू डिब्बे में चढ़ा और दरवाज़े में खड़े बाबला को पुकारा। बाबला जो उनके पीछे-पीछे चल रहा था, वह ट्रेन में नहीं चढ़ा। वह ट्रेन को जाता देखता रहा। और बाबा चिल्लाता रहा :

"बाबला...बाबला...अरे ओ बाबला!"

[38]

ट्रेन के जाने के बाद बाबला टहलता हुआ स्टेशन के बुक-स्टॉल पर पहुँचा। वहाँ पर लगी किताबें देखने लगा। बहुत-सी किताबें टँगी हुई थीं। उनमें एक 'देवदास' नाम की किताब पर बाबला की नज़र गड़कर रह गई, और उससे मुतालिक माज़ी फिर माथे पर रेंग गया।

[39]

बाबला के कमरे में ज़मीन पर 'देवदास' नॉवल गिर पड़ा था। उसकी दीदी आई तो उठाया और पूछा :

"ये क्या...? ये किताब कहाँ से मिली?"
"वो जीजाजी की किताबों में पड़ी थी।"
"ऐसी किताबें पढ़ते हो?"
"वो हमारी हिन्दी की टीचर कहती हैं, शरतचन्द्र बहुत बड़े राइटर थे।"
"तेरा सिर थे। दो दिन में इम्तहान शुरू होने वाले हैं और ये किताबें पढ़ते हो?"

बाबला कुछ बोला नहीं। अपना तैयार किया हुआ स्कूल बैग उठाया और कमरे से निकलने लगा। देखा, उसके जीजाजी हाथ में सुबह की दूसरी चाय लिये उन दोनों बहन-भाई की बात पर हँस रहे थे। यह देखकर दीदी ने कहा :

"मेरी तो कुछ समझ में नहीं आता, क्या होगा इस लड़के का?"
"अरे बाबा, कुछ नहीं होगा। शरतचन्द्र जैसे महान राइटर को पढ़कर कोई ख़राब नहीं होता। उससे ख़राब किताबें तुम पढ़ती हो।"
"मैं मॉडर्न राइटर को पढ़ती हूँ।"
"जो ज़्यादा नंगा लिखते हैं?"
"हाँ, सच लिखते हैं तो नंगा हो गया?"
"अच्छा!...राइट्र्स लोग सच भी लिखते हैं?"
"देखो, मैं राइट्र्स की नहीं, बाबला की बात कर रही हूँ। बिगड़ गया तो..."

"क्या बिगड़ जाएगा?"

"जानते हो, कल रात दस बजे आया। कह रहा था, मैं पप्पू के यहाँ खेल रहा था।"

"अच्छा, तुम्हें कैसे मालूम?"

"मुझे कुसुम ने बताया।"

"और तुम कितने बजे वापस आईं?"

"मैं अपनी नहीं, बाबला की बात कर रही हूँ।"

"मैं तुम्हारी बात कर रहा हूँ। तुम्हें नहीं समझा सका, तो उसे क्या समझाऊँगा?...कितनी बार कहा है, शाम को वक़्त पर घर आ जाया करो, लेकिन तुम्हारे पल्ले बात नहीं पड़ती।"

"तुम कौन-सा वक़्त पर घर आते हो?"

"मैं तो फ़ैक्टरी से और कहीं नहीं जाता। और वहाँ से सीधा घर आता हूँ।"

"बस, फ़ैक्टरी तुम्हारी ज़िन्दगी बन गई है।"

"घर में भी कौन-सी ज़िन्दगी है, जिसके लिए घर वापस आऊँ?"

इतना कहकर जीजाजी ने अपना ब्रीफ़केस उठाया और कमरे से बाहर निकल गए।

[40]

क्लास रूम में बच्चे खेल रहे थे। टीचर क्लास में नहीं थे। बाबला और उसके साथियों ने डेस्क पीट-पीटकर गाना शुरू किया :

'अ आ...इ ई...अ आ इ...आ...इ ई
मास्टर जी की आई चिट्ठी...
चिट्ठी में से निकली बिल्ली

बिल्ली खाए ज़र्दा-पान
काला चश्मा पीले कान

अ आ...इ ई...अ आ इ...आ...इ ई
कान में झुमका, नाक में बत्ती
हाथ में जलती अगरबत्ती
अगरबत्ती, कछवा छाप
आग में बैठा पानी ताप
ताप चढ़े तो कम्बल तान
वी-आई-पी, अंडरवैर बनियान।

अ आ...इ ई...अ आ इ...आ...इ ई
मास्टर जी की आई चिट्ठी...
चिट्ठी में से निकला मच्छर
मच्छर की दो लम्बी मूँछें
मूँछ पर बाँधे दो-दो पत्थर
पत्थर पर इक आम का झाड़
पूँछ पर ले के चले पहाड़
पहाड़ पर बैठा बूढ़ा जोगी
जोगी की इक जोगन होगी
तेरी गठरी में लागा चोर
मुसाफ़िर देख चाँद की ओर

पहाड़ पर बैठा बूढ़ा जोगी
जोगी की इक जोगन होगी
जोगन कूटे कच्चा धान
वी-आई-पी, अंडरवैर बनियान।

अ आ...इ ई...अ आ इ...आ...इ ई
मास्टर जी की आई चिट्ठी...

चिट्ठी में से निकला चीता
थोड़ा काला, थोड़ा पीला
चीता निकला है शर्मीला
घूँघट डाल के चलता है
माँग में सिंदूर भरता है
माथे रोज़ लगाए बिन्दी
इंगलिश बोले मतलब हिन्दी
'इफ़' अगर, 'इज़' है, 'बट' लेकिन,
'व्हाट' मानी क्या?
इंगलिश में 'अलवेज़' छान
वी-आई-पी, अंडरवैर बनियान।'

अचानक भीमा ने खड़े होकर कहा :

"सावधान!"

गाते-गाते अचानक बच्चे ख़ामोश हो गए। उन लोगों ने प्रिंसिपल को आते देख लिया था। प्रिंसिपल क्लास रूम में आए। सारे बच्चे खड़े हो गए। एक बच्चा नीचे फिसल गया था। प्रिंसिपल ने उसे कान से पकड़कर खड़ा किया।

"सॉरी सर, सेंटर ऑफ़ ग्रैविटी मिस हो गया।"

बाज़ू की डेस्क पर बाबला की कॉपी रखी थी। उसे उठाकर देखा।

"ये क्या है?"
"कविता है।"
"तो तुम कविता पढ़ रहे थे?"

कहते हुए प्रिंसिपल ने वह काग़ज़ का टुकड़ा लिया और क्लास रूम के बाहर निकल गए।

[41]

वही पुराना खँडहरनुमा मकान जिसकी टूटी दीवार पर बाबला और पप्पू बैठे सिगरेट पी रहे थे। पप्पू ने पूछा :

"अब क्या होगा?"

"बस, बहुत जल्दी से बड़ा होना पड़ेगा। इसके सिवा गुज़ारा नहीं! दीदी तो कितनी बार कह चुकी है, कहीं सचमुच निकाल दिया तो..."

"ख़्वामहख़्वाह लोग कहते हैं, बचपन के दिन बड़े सुनहरे होते हैं। क्या सुनहरे होते हैं?"

"ये तो बड़े अँधेरे दिन हैं।"

"हाथगाड़ी कितने की आएगी?"

"वो चलाने के लिए भी बड़ा होना पड़ेगा।"

"अब क्या करें, चिट्ठी तो पहुँच ही जाएगी।"

"अरे बाबला, एक काम करें। चिट्ठी रास्ते में मार लें, घर तक पहुँचने ही न दें।"

"वो कैसे?"

"पोस्टमैन से ले लें। उसे तो मैं पहचानता हूँ।"

"पहचानता तो मैं भी हूँ यार, लेकिन उसके लिए भी तो स्कूल से गुटली मारनी पड़ेगी। वो तो दोपहर को आता है।"

"चलो, अभी जाकर पकड़ते हैं पोस्ट ऑफ़िस में।"

"अब जाने से कुछ काम नहीं बनेगा। ऐसा करते हैं, कल सुबह चलते हैं, स्कूल जाने से पहले।"

"ठीक है।"

"चल!"

दूसरे दिन सुबह-सुबह दोनों दोस्त स्कूल के ड्रेस में पोस्ट ऑफ़िस पहुँचे और उस पोस्टमैन को ढूँढ़ने लगे, जो उनके घर में चिट्ठी डाल जाता था। एक जगह कुछ पोस्टमैन बैठे सारी चिट्ठियाँ अलग-अलग कर रहे थे। एक ने पूछा :

''ऐ, कहाँ जा रहे हो तुम लोग?''
''वो इधर हमारा पोस्टमैन हैं।''
''कहाँ रहते हो?''
''सेंट लुइस रोड।''

कहकर वे दोनों फिर यहाँ-वहाँ ताक-झाँक करने लगे। बाबला को पोस्टमैन नज़र आ गया।

''वो रहा।''

जल्दी से दोनों उस तक पहुँच गए।

''निखिल गुप्ता की कोई चिट्ठी है?''
''तुम कौन हो?''
''मैं उनका बेटा हूँ।''

पास बैठे दूसरे पोस्टमैन ने उन्हें पूछा :

''तुम्हें माँ ने भेजा है या बाप ने?''

उनके पोस्टमैन ने कहा :

''दोनों में से किसी एक का कुछ चल रहा होगा।''
''चिट्ठी है तो दो न!''

"कोई चिट्ठी-विट्ठी नहीं है। आएगी तो घर पहुँचा देंगे। माँ से कहना, घर पर ही रहे।"

यह कहकर वह पोस्टमैन और उसके साथी हँस पड़े। बाबला और पप्पू मुँह लटकाकर वापस हो लिए।

[43]

बाबला घर पर पोस्ट बॉक्स में से चिट्ठी निकालने की कोशिश कर रहा था—एक पतली लकड़ी के सहारे, क्योंकि बॉक्स पर ताला लगा हुआ था। नौकरानी कपड़े फैला रही थी। उसने आकर पूछा :

"क्या कर रहा है बाबला?"

"काक्रोच घुस गया है। चिट्ठी खा गया तो?"

"नहीं खाता। उसका व्रत है।"

"काक्रोच का?"

"हाँ! मंगल का व्रत रखता है। मुझे मालूम है।"

"तुम्हें कैसे मालूम?"

"अरे, मैं जानती हूँ, मेरा वाक़िफ़ है। रोज़ मेरे किचन में आता है। रोस्ट मटन बड़े शौक़ से खाता है। अच्छा, तू चल, दूध पी ले।"

"काक्रोच चिट्ठी खा जाएगा।"

"मैंने कहा न, उसका व्रत है आज। नहीं खाएगा। तू इधर आ। चल मेरे साथ।"

ज़बर्दस्ती कुसुम बाबला को पकड़कर अन्दर ले गई।

[44]

किचन में कुसुम दूध निकाल रही थी और बाबला पास खड़ा था। बाबला ने पूछा :

''वो लेटर बॉक्स की चाबी कहाँ है?''
''जीजाजी के पास रहती है।''
''नहीं-नहीं, वो दूसरी वाली?''
''दूसरी नहीं है।''
''दूसरी तो रहनी चाहिए न! कभी साफ़-सफ़ाई करनी हो तो?''
''कोई ज़रूरत नहीं।''

गिलास पकड़ाते हुए बोली :

''चलो, दूध पी लो।''

बाबला दूध पीने लगा तो कुसुम किचन से निकल गई।

[45]

रात के वक़्त बाबला अपने कमरे में बैठा पढ़ रहा था, तभी उसे अपने जीजाजी की गाड़ी की आवाज़ सुनाई दी। खिड़की से झाँककर देखा, जीजाजी आ गए थे। वह पलटकर फिर पढ़ने लगा। और अन्दर-ही-अन्दर डर रहा था कि अब जीजाजी आकर पोस्ट बॉक्स में से चिट्ठी निकालेंगे, जो प्रिंसिपल ने भेजी है।
दरवाज़े की घंटी बजी। कुसुम ने दरवाज़ा खोला। जीजाजी अन्दर आते-आते पोस्ट

बॉक्स खोलकर चिट्ठी लेकर आए और कुसुम से पूछा :

"सुमन कहाँ है?"

"अभी तक आई नहीं।"

"अभी तक आई नहीं? दस बज गए। ये घर है कि कंजरख़ाना?"

इतना कहकर जीजाजी अपने कमरे में चले गए। कुसुम ने दरवाज़ा बन्द कर दिया।

[46]

बाबला कमरे में बैठा पढ़ रहा था। उसका अन्दर का डर उसे खा रहा था। उसे किसी की आहट लगी कमरे में आने की और उसके जीजाजी सामने आकर खड़े हो गए और चिट्ठी दिखाकर पूछा :

"ये क्या है?"

बाबला काँप रहा था। जीजाजी को ग़ुस्सा बहुत था, चिल्लाकर पूछा :

"ये क्या है?"

बड़बड़ाते हुए एक ज़ोर का थप्पड़ दे मारा। बाबला वहीं गिर पड़ा।

"हरामख़ोर! भाई-बहन ने मिलकर जीना हराम कर दिया है। स्टूपिड!"

जीजाजी ग़ुस्से में भरे हुए बाहर निकल गए। बाबला दर्द से कान पर हाथ रखकर चुप-सी

सिसकी लेकर रह गया। थप्पड़ की आवाज़ सुनकर कुसुम भी पीछे आकर खड़ी हो गई। बाबला उठा और कान पर से हाथ हटाया तो उसके हाथ में ख़ून लगा हुआ था। पास पड़े एक कपड़े से ख़ून पोंछा।

जीजाजी फिर कमरे में आए उदास मन से और देखा तो बाबला के कान से ख़ून निकल रहा था। जल्दी से क़रीब गए और पूछा :

''लग गई?''

''हूँ...''

''देखूँ...ओह...हो!''

ख़ून देखकर जल्दी से डिटोल रूई में लगाकर साफ़ करने लगे।

''क्या करूँ, जब ग़ुस्सा आ जाता है?...तू ऐसी हरकत क्यों करता है, बोल?''

जीजाजी रूई में दवा लगाकर लाए और बाबला के कान पर रख दिया। बाबला जलन से चिल्ला पड़ा :

''जीजाजी!''

कुसुम जो ये सब देख रही थी, उसकी आँखों में आँसू आ गए। बाबला ने रोते हुए कहा :

''जीजाजी, मैं स्कूल नहीं जाऊँगा।''

''क्यों...?''

''मेरा जी नहीं लगता।''

''पढ़ना नहीं है बेटा?''

''नहीं...''

"अच्छा...आई एम सॉरी! मैंने हाथ उठा दिया– और तेरे स्कूल वाले भी ऐसे ही हैं। चिट्ठी भेज देते हैं। क्या ज़रूरत है रोज़-रोज़ चिट्ठी भेजने की?"

"जीजाजी, आपकी फ़ैक्टरी में कोई काम है?...मैं बहुत जी लगाकर काम करूँगा।"

"नहीं, ऐसा नहीं कहते, तू पढ़-लिख के बड़ा हो जा, फिर तू जहाँ कहेगा, वहाँ लगा दूँगा। कहेगा तो फ़ैक्टरी तेरे नाम कर दूँगा। ठीक है, बोल?"

"हूँ..."

"खाना खाया?"

"हूँ।"

"सो जा...सो जा। गुड़ नाइट!"

जीजाजी उठकर कमरे से निकल गए। कुसुम जो अभी तक दरवाज़े में खड़ी थी, अन्दर आ गई। बाबला से बोली :

"ज़्यादा मारा?...फिर माफ़ी भी तो माँग रहे थे। माफ़ कर दो।"

कुसुम की आँखें आँसुओं से भरी थीं लेकिन वह मुस्कुराकर पूछ रही थी :

"तू जीजाजी को डरा रहा था, स्कूल नहीं जाओगे?"

"सच कह रहा था।"

"नहीं बेटे, नहीं, ऐसा नहीं कहते। पढ़ोगे नहीं तो बड़े होके बुरे-बुरे काम करने पड़ते हैं, जैसा चन्दन करता है।"

"कौन चन्दन?"

"मेरा छोटा भाई है। दारू की भट्ठी में काम करता है। दस दिन जेल में रहता है, दस दिन बाहर। तू पढ़ाई

करेगा न बेटे? बेटा, तू पढ़ाई मत छोड़ना। पढ़ेगा न? चल, तेरे कपड़े बदल देती हूँ।''

[47]

देर रात तक बाबला के जीजाजी बैठे किताब पढ़ते रहे थे, तब घर के बाहर कार रुकने की आवाज़ आई। घड़ी देखी उन्होंने और दरवाज़ा खोलने के लिए गए। सुमन अपनी एक गर्ल फ़्रेंड के साथ आई थी, जो मॉडल थी। उससे गुप्ताजी ने कहा :

''नमस्ते!''

''नमस्ते! भाई साहब, वो क्या हो गया कि थोड़ी देर हो गई। हम नाइट शो गए थे इसीलिए देर हो गई।''

''इट्स ऑल राइट।''

फिर पलटकर सुमन से कहा :

''ओके सुमन, मैं चलती हूँ।''

जीजाजी ने उसकी सहेली से पूछा :

''मे आई ड्रॉप यू एट योर होम?''

''नो-नो! इट्स ऑल राइट।''

सहेली अपनी कार में जा बैठी। सुमन और गुप्ताजी अन्दर आए। सुमन आकर सोफ़े पर बैठ गई। गुप्ताजी ने पूछा :

''ये अकेली चली जाएगी? डरेगी नहीं?''

''डरने की क्या बात है?''

“घर में उसके कोई नहीं है क्या?”

“दो हज़ार कमाती है और अकेली रहती है।”

“दो हज़ार रुपया कमाती है, इसके लिए अकेली रहती है? मतलब, कमाती हो तो किसी की ज़रूरत नहीं होती?”

“किसकी?”

“शौहर की?”

“इसका एक बॉय फ्रेंड है।”

“बॉय फ्रेंड और शौहर में कोई फ़र्क़ नहीं?”

“क्यों नहीं होता?”

“क्या फ़र्क़ होता है?”

“वही जो बीवी और गर्ल फ्रेंड में होता है।”

“शादी के बाद भी लड़कियों के बॉय फ्रेंड होते हैं?”

“क्यों नहीं! शौहर के बाद हर लड़का भाई तो नहीं होता, इसलिए दोस्त कहते हैं। बीवी के बाद हर लड़की बहन नहीं होती, उसे क्या कहते हैं?”

इतना कहकर सुमन उठकर कमरे में चली गई। गुप्ताजी मुँह देखते रह गए।

[48]

सुबह के वक़्त बाबला पप्पू के साथ स्कूल जा रहा था। कुसुम उन दोनों को दही खिला रही थी। पप्पू ने पूछा :

“दही चखने से क्या होता है?”

“दोनों परीक्षा देने जा रहे हो, दही खाना शुभ होता है। पेपर अच्छा होगा। जाओ...जाओ।”

दोनों मुड़कर चल दिए। कुछ दूर ही चले थे कि सुमन ने आवाज़ दी :

''बाबला, ये लो तीन रुपये। टैक्सी में जाना।''

बाबला ने पैसे लिये और चल दिया। कुसुम ने सुमन को टोका :

''बीबीजी, पीछे से आवाज़ नहीं देते। इम्तहान देने जा रहे हैं न!''

''शटअप! अपना काम करो।''

[49]

बाबला और पप्पू घर से निकलकर बातें करते हुए जा रहे थे :

''पप्पू, ऐसा करते हैं। दो रुपया रिक्शा में ख़र्च करते हैं, बाक़ी पैदल जाएँगे। और एक रुपया बच जाएगा। चल।''

दोनों एक ऑटो रिक्शा में बैठ गए। रिक्शा चल पड़ा। दोनों की निगाह रिक्शा के मीटर पर थी। जैसे-जैसे मीटर चलता था, दोनों बोलते जाते थे :

''वन टेन, वन ट्वेंटी, वन थर्टी...वन फ़ोर्टी।''

रिक्शा पूरी रफ़्तार से चल रहा था। बच्चे एक रुपया बचाने के लिए मीटर को ज़ोर-ज़ोर से पढ़ रहे थे कि कहीं ज़्यादा न हो जाए।

''वन फ़िफ़्टी, वन सिक्सटी, एटी, नाइंटी। बस-बस, रोक दो रिक्शा वाले।''

रिक्शा रुका, दोनों नीचे उतरे और दो रुपये रिक्शे वाले को दिये। बाबला ने एक का नोट दिखाते हुए पप्पू से कहा :

"एक रुपया बचा..."

दोनों ख़ुशी से स्कूल की तरफ़ चल दिए।

[50]

क्लास रूम में इम्तहान हो रहा था। बाबला और पप्पू ध्यान से अपने पेपर लिख रहे थे। एक लड़का नक़ल करने की कोशिश कर रहा था। जो पर्ची वह घर से बनाकर लाया था, वह पर्ची खोलने की कोशिश कर रहा था। क्लास टीचर रूम में इधर से उधर टहल रहे थे।

"एक घंटा और बाक़ी है। पेपर जल्दी करो। और ज़रूरी नहीं कि सवालात नम्बर वाइज़ किए जाएँ। जिन सवालों के जवाब तुम्हें आते हैं, वह पहले करो। साइड के हाशिये में उनका नम्बर दे दो।"

तभी भीमा मोटू ज़ोर से बोला :

"साइलेंस प्लीज़!"

टीचर ने ख़ुद ही दोहराया :

"साइलेंस!"

बाबला अपने पेपर पर लिख रहा था, जो उसके दिमाग़ में गूँज रहा था :

'शुतुरमुर्ग़, चोंच बन्द कर। इतना मुँह खोल के बात करता है, कहीं मक्खी घुस गई तो?'

टीचर के डर से वह इधर-उधर देखता भी जा रहा था। फिर टीचर को पीछे से आगे आते देखकर जल्दी से काट दिया। उसी वक़्त टीचर उसके पास गए।

"स्टैंड अप!"
"क्यों...क्यों सर?"
"स्टैंड अप...आई से!"
"लेकिन...मैं...मैंने किया क्या सर?"
"सुना नहीं, स्टैंड अप!"

बाबला का वही कान पकड़ लिया जिसमें मार लगी थी।

"दिखता नहीं, यहाँ ज़ख़्म लगा है?"
"जेबें दिखाओ।"

टीचर ने ख़ुद अपने हाथों से जेबें देखीं।

"सिट डाउन!"
"आपने मेरी तलाशी क्यों ली?"
"मुझे तुम पर शक था इसलिए।"
"बेवजह किसी पर शक नहीं करना चाहिए।"
"अच्छा! ये नसीहत है आपकी? सिट डाउन।"

तभी किसी ने बिल्ली की आवाज़ निकाली :

"म्याऊँ!"
"कौन बोला?"

उसी लड़के ने अपनी आवाज़ में कहा :

"बिल्ली!"

सब बच्चे हँस पड़े।

"साइलेंस! ये क्लास रूम है, कोई स्कूल का मैदान नहीं।"

भीमा ने फ़ौरन कहा :

"ये बेवक़ूफ़ समझते ही नहीं।"

फिर सारे बच्चे हँस पड़े। टीचर चिल्लाया :

"साइलेंस! साइलेंस!"

टीचर फिर क्लास में राउंड लेने लगे। आगे एक बच्चा हाफ़ पेंट के नीचे रान पर लिखा हुआ नक़ल कर रहा था। टीचर ने उसे पकड़ लिया।

"ये क्या है?"
"इसमें से कोई सवाल नहीं आया। क़सम काली माँ की!"
"पेपर उठाओ अपना। चलो, बाहर निकल जाओ!"

लड़के से पेपर छीनकर उसे क्लास के बाहर कर दिया। इतने में भीमा ने एक नक़ल का काग़ज़ बाबला की डेस्क पर फेंक दिया। बाबला ने वापस उसकी तरफ़ फेंक दिया। उसे फेंकते हुए टीचर ने देख लिया, और काग़ज़ का टुकड़ा लेकर बाबला से पूछा :

"क्या है ये?"
"भीमा ने इधर फेंका था सर!"
"किसका है ये?"
"आपने अभी मेरी तलाशी ली थी, मेरा कैसे हो सकता है?"

भीमा ने कहा :

"इसी ने मेरी तरफ़ फेंका था। मुझे क्या पता?"
"तू बाहर निकल, बताता हूँ हरामी!"
"शटअप! यू सिट डाउन! और तुम दोनों घर जाने से पहले मुझसे टीचर रूम में मिल के जाना। नाउ यू शुड फ़िनिश योर पेपर।"

बाबला ने मारे ग़ुस्से के पास रखी इंक की बोतल लुढ़का दी, जो सर के जूते को भिगो गई। ग़ुस्से में टीचर घूमकर उसे घूरने लगे।

[51]

टीचर रूम में बाबला और भीमा दोनों खड़े थे। टीचर ने दोनों को एक-एक चिट्ठी दी और कहा :

"ये चिट्ठी ले जाकर देना अपने माँ-बाप को और इसका जवाब लिखवाकर लाना। अगर लिखवाकर नहीं लाए तो इम्तहान में बैठने नहीं दूँगा।"

भीमा ने पूछा :

"अगर माँ-बाप ने जवाब नहीं दिया तो?"
"तो मत आना स्कूल में। नाउ यू गेट आउट!"

लड़के खड़े रहे तो फिर बोले :

"आई से, गेट आउट! बेशर्म!"

दोनों बाहर निकल गए।

[52]

बाबला भीमा के पीछे-पीछे था और एक पत्थर को पैरों से मारता चल रहा था। फिर कुछ सोचकर एक ज़ोर से पत्थर को मारा तो वह भीमा के पैरों में जाकर लगा। भीमा ने गुस्से में पलटकर बाबला को देखा और उस पत्थर को वापस पैरों से मारकर बाबला की तरफ़ फेंका। फिर क्या था! दोनों में झगड़ा शुरू हो गया। दोनों एक दूसरे से लिपट गए। दोनों में ग़ुस्सा बेहद भरा हुआ था। दोनों ने एक दूसरे को लहूलुहान करने के चक्कर में एक दूसरे की क़मीज़ें फाड़ दीं।

[53]

बाबला फटे हाल घर पहुँचा। अपने कमरे में पहुँचकर उसने बेग ज़ोर से फेंका। कुसुम आवाज़ सुनकर आ गई और उसके चेहरे पर निशान देखकर पूछा :

"क्या हुआ बाबला? कहाँ से लड़ाई करके आ रहे हो?"

"मुझे कोई अच्छा नहीं लगता इस दुनिया में। जाओ...जाओ, तुम भी जाओ।"

"नहीं, बेटा, नहीं। किससे झगड़ा हुआ? कौन था वह? बताता क्यों नहीं?"

बाबला रोने लगा :

"मुझे कोई अच्छा नहीं लगता। कोई अच्छा नहीं लगता।"

कुसुम उसको चुप कराते हुए बोली :

"बोलता क्यों नहीं? ऐसे नहीं कहते।"
"तुम जाओ।"

[54]

रात का वक़्त। बाबला के चेहरे पर अब तक झगड़े के निशान थे। वह टीचर की दी हुई चिट्ठी देखने लगा और टीचर की कही हुई बातें याद करने लगा :

'ये चिट्ठी ले जाकर देना अपने माँ-बाप को और इसका जवाब लिखवाकर लाना। अगर लिखवाकर नहीं लाए तो इम्तहान में बैठने नहीं दूँगा।'

बाबला चिट्ठी को घूरता रहा।

[55]

रात के वक़्त जीजाजी घर आए। नौकरानी को आवाज़ दी :

"कुसुम!"
"जी, बाबू जी?"
"सुमन नहीं आई अभी तक?"
"अभी नहीं आई।"

जीजाजी ने घड़ी देखी और कुछ सोचकर बाबला के कमरे की तरफ़ बढ़े।

[56]

बाबला कमरे में लेटा हुआ था, लेकिन जाग रहा था। एक डर भी था मन में कि चिट्ठी देखकर क्या कहेंगे, इसलिए आँखें बन्द ही रखीं। जीजाजी ने अन्दर आकर कमरे के एक कोने में पड़ा बड़ा-सा सूटकेस उठाया और टेबल लैम्प बन्द करके चले गए।

[57]

जीजाजी हॉल में बैठे कुछ पढ़ रहे थे कि दरवाज़े की घंटी बजी। वे उठकर गए और दरवाज़ा खोला। सुमन बिना कुछ कहे अन्दर आई और अपने कमरे में जाने लगी तो गुप्ताजी ने टोका :

"सुनो।"

उसके क़रीब पहुँचकर ग़ुस्से में पूछा :

"ये वक़्त है घर आने का?"
"अपने घर आई हूँ। किसी वक़्त भी आऊँ।"

इतना सुनना था कि गुप्ताजी ने उसे थप्पड़ दे मारा।

"ये घर है या होटल बना रखा है?"

झगड़े की आवाज़ सुनकर बाबला भी उठ बैठा। जीजाजी के बोलने की आवाज़ सुन रहा था :

"जाओ, निकल जाओ! निकल जाओ इस घर से!"

कहते हुए वह सुमन का बैग, जो पहले से उन्होंने भर रखा था, दरवाज़े पर रख दिया और सुमन को हाथ पकड़कर निकाल दिया।

"चलो, जाओ, बाहर जाओ!"

और अन्दर से दरवाज़ा बन्द कर दिया। बाबला सहमा हुआ यह सब सुनता रहा। कुछ देर बाद सुमन की आवाज़ आई। घर के बाहर टैक्सी रुकवा रही थी।

"टैक्सी!"

बाबला ने खिड़की में से बहन को टैक्सी में जाते हुए देखा। और कुछ सोचकर अपने बिस्तर से अपना स्वेटर उठाया और पलंग के नीचे से जूता लेकर चुपके से पिछले दरवाज़े से बाहर निकल गया।

[58]

दूसरे दिन जीजाजी बाबला के कमरे में बैठे उसकी डायरी पढ़ रहे थे, जिसमें वह अपने मन की बात लिखा करता था :

'ये भी कोई ज़िन्दगी है जिसमें एक दोस्त को पारकर पेन भी प्रेज़ेंट नहीं कर सकते! सबको अपनी-अपनी पड़ी है, कोई किसी के लिए नहीं सोचता। सिवाय माँ के। माँ के साथ बैठकर एक दिन मैं अपनी किताब लिखूँगा। लेकिन उसके लिए फिर स्कूल जाना पड़ेगा न...जीजाजी अच्छे लगते हैं। जब अकेले होते हैं तो कितना प्यार

करते हैं! लेकिन दोनों हों तो डर-सा लगा रहता है। लेकिन जीजाजी दूसरे दोस्तों की तरह नहीं हो सकते...वो भी तो बड़ों की तरह...'

उसी वक़्त घबराई हुई कुसुम आई और बोली :

''बाबूजी, पप्पू के यहाँ भी देखा, वहाँ भी नहीं है। कहीं दीदी के यहाँ तो नहीं चला गया?''

''मैं पता करता हूँ।''

कहते हुए वे बाहर की तरफ़ चल दिए।

[59]

रात के वक़्त बाबला ठंड से अकड़ता हुआ रेलवे स्टेशन पर इधर से उधर टहल रहा था। फिर पटरी पार करके दूसरे प्लेटफ़ार्म पर आया। यह प्लेटफ़ार्म ख़ाली था। एक बुढ़िया एक गुदड़ी में लिपटी हुई सोई थी। वह भी उसी गुदड़ी में लिपटकर सो गया।

[60]

सुबह के वक़्त बाबला की आँख खुली तो देखा, वह बुढ़िया भीख माँगने वाली थी। उसके कटोरे से बाबला ने दस पैसे लिये और मुँह धोने नल की तरफ़ चल दिया। ठंड से बाबला सिकुड़ता हुआ नल पर पहुँचा और मुँह धोने लगा।

[61]

उसी बुढ़िया के पास भीड़ जमा हो गई थी। वह बुढ़िया ठंड से मर चुकी थी। लोग आपस में अन्दाज़े लगा रहे थे :

''लगता है, कल रात से मरी पड़ी है।''
''रात ठंड बहुत थी। देखने से लगता है, बेचारी कल रात ही...''
''म्यूनिसपैल्टी में ख़बर करनी चाहिए वरना कौन हटाएगा ये लाश?''

बाबला भी मुँह धोकर वहाँ पहुँच गया था। और उसे एहसास हुआ कि वह कल रात एक मरी हुई औरत के पास सोया हुआ था। उसने जेब में हाथ डालकर दस पैसा निकाला जो बुढ़िया के कटोरे से ले गया था, वापस कटोरे में डाल दिया और तेज़ी से एक तरफ़ चल दिया।

[62]

पुलिस स्टेशन में बाबला के जीजाजी और उसकी बहन रिपोर्ट लिखाने आए थे और लिखाकर चले गए।

[63]

गाँव में बाबला की माँ किचन में खाना बना रही थी। बाबला की बहन और जीजाजी

वहाँ पास ही में बैठे थे। माँ रोती हुई कहती जा रही थी :

"ऐसे कैसे भाग जाएगा? ज़रूर कुछ कहा होगा! मारा होगा! पीटा होगा!"

सुमन ने झट कहा :

"हमने तो आज तक उस पर हाथ तक नहीं उठाया।"
"हाँ, तो ऐसे ही भाग गया घर से, बिना कुछ कहे? ऐसा ख़राब तो वो कभी नहीं था। भला है, बुरा है, जैसा भी है, मेरा बेटा लौटा दे! मैं शहर जाकर कहाँ ढूँढ़ूँ उसे? माँ बनी होती, बच्चा होता अपना, तो जानती, कलेजा कैसे फटता है!"

माँ रोते हुए उठी और दरवाज़े से लगे जीजाजी को पकड़कर बोली :

"निखिल, तू ही अमानत ले गया था मेरी। मेरी अमानत मुझे वापस कर दे।...मुझे नहीं पढ़ाना बच्चे को।...जैसे इस लड़की को बड़ा किया था, उसको भी बड़ा कर लूँगी।...उनका बचा-खुचा बहुत है मेरे पास।..."

रोते हुए माँ बाहर का दरवाज़ा खोलकर बाहर निकली तो देखा, बाबला दरवाज़े पर पीठ किए बैठा हुआ था। अचानक चिल्लाई :

"बाबला!"

बाबला धीरे-धीरे माँ की तरफ़ घूमा। उसका चेहरा थका हुआ था। बदन मैला था।

"बाबला...बाबला मेरा बेटा!"

दौड़कर गले से लगा लिया माँ ने।

"माँ!"

आवाज़ सुनकर उसकी बहन और जीजाजी भी बाहर निकल आ गए। माँ बाबला को गोद में ले घर के अन्दर चली गई।

[64]

दूसरे दिन सुबह-सुबह जीजाजी और दीदी वापस जाने की तैयारी कर रहे थे। जीजाजी अपना सूटकेस लिये दरवाज़े की तरफ़ बढ़े तो दरवाज़े की आड़ से बाबला निकल आया और उनका कुर्ता पकड़ लिया। जीजाजी वहीं बैठ गए और पूछा :

"क्या है बाबला?"

"जीजाजी, मैं आपके साथ चलूँगा। मैं स्कूल जाऊँगा। मुझे पढ़ना है। फिर ऐसा कभी नहीं करूँगा।"

"सच? ये सच कह रहा है तू?"

"हूँ..."

"तो जा, तैयार हो जा। मैं माँ से कह देता हूँ—जा।"

बाबला हँसता हुआ अन्दर कमरे में चला गया। जीजाजी उसे देखते रहे।

[65]

बाबला, उसकी बहन, माँ और जीजाजी सब ट्रेन में बैठे थे। उसी वक़्त अन्धे फ़क़ीर के गाने की आवाज़ आई :

'मेरे साथ चले न साया
धर्म नहीं, कर्म नहीं, जन्म गँवाया।'

गाना सुनते ही बाबला उठकर दरवाज़े की तरफ़ गया और उस फ़क़ीर को देखने लगा। वह अन्धा फ़क़ीर दूसरी ट्रेन में था। ट्रेन जा रही थी। बाबला की आँखें भीग गईं। और उस गाड़ी को जाता हुआ देखता रहा।
फिर आकर अपनी सीट पर बैठ गया। उसी वक़्त एक टी.सी. टिकट चेक करते हुए आ गया। जीजाजी ने टिकट निकालकर दिया। टी.सी. ने बाबला की तरफ़ देखा और फिर उसे ग़ौर से देखने लगा, जैसे पहचानने की कोशिश कर रहा था! यह वही टी.सी. था जिसने पहले आते हुए बाबला को पकड़ा था लेकिन वह उसे नहीं पहचान सका। बाबला ने आँख मार दी।
ट्रेन ने विसिल दी और चल पड़ी। बाबला खिड़की से बाहर की तरफ़ देखने लगा। देख रहा था—सब कुछ पीछे छूट रहा था।

ख़त्म शुद

किताब

उत्तम कुमार : जीजाजी
विद्या सिन्हा : सुमन
दीना पाठक : माँ
मास्टर राजू : बाबला
डॉक्टर श्रीराम लागू : अन्धा फ़क़ीर
राम मोहन : इंजन ड्राइवर
ओम शिवपुरी : प्रिंसिपल

प्रोड्यूसर : प्रान लाल मेहता, गुलज़ार
चीफ़ असिस्टेंट : चन्द्र शेखर
आर्ट डायरेक्टर : अजीत बैनर्जी
साउंड डायरेक्टर : एस.एम. सूरत वाला
एडीटर : वामन भोसले, गुरुदत्त शिरली
कैमरामैन : एम. सम्पत
संगीत : आर.डी. बर्मन
स्क्रीनप्ले, गीत, डायरेक्टर : गुलज़ार